國際學術研討會

古龍武俠小說 領先時代半世紀

【記者賴素鈴／報導】江湖代有才人出，這廂古龍凋零二十載，那廂今朝懸賞百萬獎新秀，浪淘不盡，唯有武俠熱愛，不隨時間變易，在學術研討會上更見分明。以「一代鬼才：古龍與武俠小說」爲主題，淡江大學第九屆文學與美學國際學術研討會昨起在國家圖書館，展開爲期兩天的議程，紀念武俠小說家古龍逝世二十周年，新生代學者與古龍故舊齊聚一堂，以文論劍話武俠。

日前與淡大中文系教授林保淳共同發表《台灣武俠小說發展史》，武俠小說評論家葉洪生昨天在專題演講中，直批胡適1959年底發表「武俠小說下流論」是「胡說」，學界泰斗的不當發言以及隨即展開的「暴雨專案」，反而促成1960年起台灣武俠新秀的繁興，「武俠小說迷人的地方，恰恰在門道之上。」，葉洪生認定，武俠小說審美四原則在文筆、意構、雜學、原創性，他強調：「武俠小說，是一種『上流美』。」

集多年心血完成《台灣武俠小說發展史》，葉洪生認爲他已爲從十歲起迷上武俠小說的半世紀畫上完美句點，並且宣布他「以後決心退出武俠論壇，封劍退隱江湖」。

雖然葉洪生回顧武俠小說名家此起彼落，套太史公名言「固一世之雄也，而今安在哉？」，認爲這是值得深思的嚴肅課題，昨天意外現身研討會而備受矚目的溫世禮，則爲了紀念同是武俠迷的哥哥溫世仁，推出第一屆「溫世仁武俠小說百萬大賞」，即日起至今年10月3日截止收件，經兩階段評選後於明年12月7日公布首獎得主，預料將會是一場武林新秀的龍虎爭霸戰。

看明日誰領風騷？風雲時代出版社發行人陳曉林眼中的古龍，其實領先他的時代半世紀，以致如今雖然古龍逝世20年，陳曉林認爲大家對古龍的了解仍然有限，預言未來世代更能和古龍的後設風格共鳴。

昨天這場研討會，也凸顯武俠小說作爲一項文學研究門類，仍有待開發學習空間。多位與會者都指出，武俠小說的發表、出版方式和管道具考證難度，學術理論與論文格式的建立待加強。而武俠名家的版權之爭、市場競爭力，也增加出版推廣困難，古龍武俠小說的版權糾紛、司馬翎作品的版權官司也成爲研討會的場外話題。

與

第九屆文學與美

古龍兄為人慷慨豪邁，跌蕩自如，變化多端，文如其人，且復多奇氣，惜英年早逝。余與古兄當年交好，且喜讀其書，今後不見其人，又無新作可讀，深自嘆惜。

金庸

一九九六.十.十一.香港

吸血蛾
（上）

古龍精品集 79

吸血蛾（上）

目錄

著名文化評論家
陳曉林

《吸血蛾》：驚魂的故事反映了幽微的人性

《吸血蛾》是古龍創意的「驚魂六記」中第二個故事，他除了撰擬情節大綱外，還親自順稿、潤稿、定稿，因此這個故事所要表達的真諦與深意，可以完全視為邁入成熟時期的古龍作品。

「只有從心靈深處發出的恐怖，才是真正的恐怖。那種意境，絕不是刀光劍影所能表達的了。那才是真正的驚魂。」彷彿是為了印證自己的這番體認，古龍以吸血蛾那些令人毛骨悚然的鄉野傳說為引線，抒寫了一個「真正的」恐怖故事；然而，在結合並操作了懸疑、驚悚、推理、俠義等各個通俗小說的元素，並賦予了「古龍風格」的敘事魅力之餘，如何凸顯出「從心靈深處發出的恐怖」，才是這篇小說的精髓所在。而古龍在創作理念與境界上之所以迥異於一般武俠作家，亦於此可見。當然，先決要件是故事必須引人入勝。

恐怖的親身經歷

一隻晶瑩如碧玉的青蛾，通體閃爍著妖異的幽光！幽光中一雙血紅的眼睛，血絲彎彎曲曲的由下向上伸展，凝聚在「眼」的上方，就像是一雙眼眉，方圓的蛾肚更像是鼻子。驟看來，那簡直就像是一張臉，鬼臉！同時，血紅的蛾口中吐出了一支血紅的吸管，像尖針一樣向他刺出！

當「聚寶齋」主人崔北海乍見如此詭異的「吸血蛾」在自己房內襲來之際，他陷入驚駭欲絕的心理狀態，誠屬人之常情。然而，當他驚魂甫定，拔出享譽江湖的「七星絕命劍」向撲面而來的吸血蛾劈去時，明明近在眼前的吸血蛾竟化爲漸漸淡去的青碧幻影，瞬息消失。他隨即向同在室內的妻子易竹君提及此一怪異情景，易竹君居然聲稱根本未曾看到什麼吸血蛾，只看到他發瘋般的持劍砍劈！

然後，第二天出現兩隻吸血蛾來襲。第三天爲四隻。逐日倍增。到了第六天，崔北海在睡眠中居然看到一大團青碧晶瑩的吸血蛾伏在妻子的雙乳中央，他伸手去驅逐，卻被狠叮一口；然而，詢問易竹君，她則說自己全無感覺，一切都是他幻想出來的！

但當地副總捕頭杜笑天是崔北海的友人，與他在一起時卻親眼見到吸血蛾出現，並被叮到；因此，吸血蛾只是崔的幻想之說，又顯被推翻。傳說中，「蛾王」會於每月十五，月圓之時出現，屆時遭到先遣的吸血蛾鎖定者必無倖免；於是崔北海不得不致函已絕交三年的遊俠劍客常護花，要求常趕來救他。同時，他秘密撰寫日記，逐日紀錄吸血蛾出現的情景。

離奇的血蛾襲擊

收到「吸血蛾日夜窺伺左右，命危在旦夕！」的緊急求救函，常護花義無反顧，星夜啓程。但此時易竹君因認爲其夫罹患精神疾病，請來醫術精良的表哥郭璞看診。詎料吸血蛾又群集出現，而郭璞亦稱未見到，應是崔北海一己的幻想。於是崔懷疑易、郭二人有染，故意以異術豢養並指揮吸血蛾來襲，意圖謀財害命。

正在夫妻互相疑忌之際，崔北海忽傳失蹤，然後被發現已死在「聚寶齋」密室，屍骸則遭大群吸血蛾啃爲骷髏。於是官方介入辦案，正副總捕楊迅、杜笑天以疑犯名義拘禁易、郭二人。然而，三年前曾與崔北海結仇的「飛環鐵劍」史雙河卻於此時浮上檯面，官方先是查出郭璞曾租借史的莊園圈養大批吸血蛾，繼又發現史雙河才是吸血蛾的主人，而杜笑天爲了探查史的隱秘，卻不幸殉職。同一時間，易、郭在官方獄中身亡，也是遭吸血蛾啃噬所致。至此，整個案情已撲朔迷離。

詭譎的財寶繼承

當然，按照武俠小說習見的套路，必須等到真正的主角常護花進場，案情才可能獲得突破。但古龍一向擅於擺脫窠臼，事實上，在本書中，常護花只扮演了穿針引線及臨門一腳的角色，至於恐怖氣氛的營造、敘事節奏的調度、佈局伏線的掌握、重大情節的逆轉，均是環繞著崔北海生前死後的安排而展開。常護花趕到後發現崔北海的遺書中已對「聚寶齋」所蒐羅的龐大財富作了安排：指定遺產繼承人是「龍三公子」龍玉波等三位，但其中二人已亡故，崔並指定若三人均身亡，則由常護花繼承全部財寶。這形同將常護花推到與龍玉波尖銳對立的情境。可是，崔北海與龍玉波等三人本無深交，與常護花又已絕交，他在面臨吸血蛾「旦夕窺伺，危在旦夕」的時刻，何以要預立這樣不合情理的遺囑？

駭人的陰謀佈局

真相逐漸被常護花揭露。崔北海一直懷疑妻子不貞，與郭璞有染並圖謀襲奪他的財富，故而遺產繼承上排除了易竹君乃屬意料中事。然而他面臨吸血蛾帶來的死亡威脅時，何以要設計讓江湖兩大頂級高手常護花與龍玉波發生利益衝突，卻是煞費猜疑之事。若非常護花俠義為懷，全無爭奪財寶的意思，本案的真相極可能石沉大海。

原來，崔北海所留下有關吸血蛾「旦夕窺伺」的詳細紀錄，其實都是他刻意杜撰與渲染的情節，目的在藉由身邊的官商同儕口耳相傳，營造出「吸血蛾殺人」的恐怖印象，待至時機成熟，便一方面佈置自己已遭吸血蛾噬斃的假象，另方面以雷霆手段襲殺易、郭，因官方以為他已先死，故不會懷疑他是兇手。

而挑撥龍、常兩人相爭，除了讓自己「死後」局面呈現一片渾沌，以轉移官方視線外，其實亦涉及崔北海當年不足為外人道的虧心事，況且，只要龍、常一旦對立爭鬥，無人再來理會吸血蛾之謎，崔便大可從容將其暗藏的財寶運走獨享，而不致驚動官方或武林中人。

深刻的人性透視

至於吸血蛾，當然也自始即是崔北海一手圈養的唬人道具，身為易容高手的他忽而改扮為史雙河，忽而又化身為郭璞，到了圖窮匕現的時刻，他將史、郭二人分別滅口，連妻子易竹君亦一起以「吸血蛾殺人」的名目下了毒手。至此，古龍所說「只有從心靈深處發出的恐怖，才是真正的恐怖」，果然獲得了充分的闡釋和發揮。發出青碧幽光，儼然要擇人而噬的吸血蛾，其實並不是致命的毒物，真正致人於死，連妻子易竹君、好友常護花都是心目中必須置之死地的珠寶界大豪、江湖上名人的崔北海，顯然要比吸血蛾毒上千萬倍，也恐怖千萬倍！

於是，凡對古龍的創作理念有興趣的讀者朋友均可分明看出：《吸血蛾》正是成熟期古龍實踐其創作理念的一篇典型之作。此時的古龍，強調武俠小說的出路，正如任何真正高明的純文學作品一樣，是在於深刻地剖示複雜的人性，並以引人入勝的技法將之表述出來。人性有嶔奇光明的境界，也有陰暗幽微的側面，古龍固然闡揚「有所為，有所不為」的俠義理念，但對人性中褊狹自私的陰影，也自有目擊身歷的真切體驗。《吸血蛾》中，常護花代表了前者，而崔北海演示了後者，兩者合觀，才會看出人性的複雜，世道的險峻吧！

一 魂飛魄散

三月。

煙雨江南。

落花人獨立，微雨燕雙飛，雙飛燕過了牆頭，常護花的人猶在院中。

雨粉已披濕他的衣衫，他卻似並無感覺，一面的落寞。

他的目光亦同樣落寞，既沒有低顧周圍的落花，也沒有追隨雙飛的燕子，就落在手中的信箋之上。

素白的紙，蒼黑的字。

每一個字幾乎都是歪曲而斷續，就像是寫這封信的人當時正在極度恐懼的狀態之中，連筆桿都無法握穩。

這可能就是事實。因爲這是一封求救的書信！

——吸血蛾日夜窺伺左右，命危在旦夕！

入眼驚心，常護花的膽子雖然一向都很大，讀到這兩句，亦不免一驚。

「吸血蛾？什麼是吸血蛾？」

他一再沉吟，一面的落寞轉變爲一面的疑惑，匆匆將信讀完，終於舉起腳步。

他的腳步輕盈如落花。

花徑的前面，一座小小的亭子。

兩個花一樣嬌美，花一樣纖弱的女孩子對坐在亭中。

她們的語聲婉轉如春鶯，笑面卻亦如春花一樣。

就連她們的名字，也是春花的一種。

小桃一身的衣裳桃紅，面色卻稍嫌蒼白，小杏的一身衣裳雖然杏白，面色反而比小桃更像桃花。她們本來是稱霸長江的女賊——「橫江一窩女王蜂」之中的兩隻惡蜂，現在卻溫柔如蝴蝶，留在萬花莊，侍候常護花左右。

這非獨因爲常護花救過她們的性命，還因爲常護花是她們心目中的英雄，賊中之君子！

她們自稱是萬花莊的花奴，常護花的女侍。常護花始終將她們看做朋友。

也只是朋友。這是她們惟一不滿意的地方。

她們卻仍然快樂。只要能夠留在萬花莊，她們就已經開心。

萬花莊四季花開，常護花亦是終年一面笑容。

她們喜歡花，更喜歡常護花那一面既親切，又迷人的笑容。

常護花也很少有不笑的時候。

所以現在看見常護花面無笑容的走過來，她們不由都嚇了一跳。

她們立時就想到一件不尋常的事情已經發生！

笑語聲刹那停下，小杏小桃不約而同站起了身子。

常護花兩步跨入，一揚手中的信箋，忽問道：「這封信是什麼人拿來的？」

小桃道：「一個家丁裝束的中年漢子，自稱是崔義，來自聚寶齋。」

常護花方待再問什麼，一旁小杏已搶著問道：「這到底是誰的信？」

常護花緩緩的道：「聚寶齋的主人崔北海。」

小杏道：「他是不是你的朋友？」

常護花一聲輕歎，道：「以前是。」

小杏追問道：「現在呢？」

常護花回應道：「不是了。」

小杏沒有再問下去，她知道常護花是怎樣的一個人，崔北海如果不是太令他厭惡，太對他不起，他絕不會將這個朋友不當做朋友。

小桃一旁卻接上口，道：「他這次寫信給你有什麼事？」

常護花道：「要我去救他。」

小桃道：「是要還是請？」

常護花道：「要！」

小桃道：「莫非這個崔北海還未知道你已不將他當做朋友？」

常護花道：「豈會不知道。」

小桃奇怪道：「如此怎麼他還送來這封信？」

常護花道：「因為還是朋友的時候，他曾經救過我一次，那一次雖然沒有他的幫忙我亦未必死得了，畢竟也已接受了他的幫助，領了他的情。」

他一頓，道：「他知道我絕不是個忘恩負義的人！」

小桃道：「他這是挾恩求報。」

常護花道：「據我所知他並不是這種人，也許這一次，事情實在太恐怖，太突然，他方寸大亂，自己又實在無法應付，不得已才找到我。」

小桃道：「他到底惹上什麼麻煩？」

常護花目光又落在手中的信箋之上，道：「你們可曾聽說有一種叫做吸血蛾的東西？」

「吸血蛾？」

小桃偏著頭，想了想，轉顧小杏。小杏正瞪大了眼睛望著她。

常護花看在眼內道：「你們都沒有印象？」

小桃道：「到底是什麼東西？」

常護花道：「我也不清楚。」

他想想又道：「從字面看來，那該是一種嗜血的蛾。」

小桃忽然抬起頭，盯著亭上的一條雕樑。

一隻蝴蝶正停在那條雕樑之上。

七彩繽紛的蝴蝶，雖不是日光之下，花叢之中，仍覺得美麗非常。

小桃其實是盯著那隻蝴蝶，道：「依我看蛾就像是蝴蝶……」

常護花截口道：「外形看來是有些相似，很多地方其實都兩樣，蝴蝶是晝出夜伏，蛾則是晝伏夜出，蝴蝶靜止之時雙翅直立於背後，蛾則分翼左右。」

他非獨對花卉甚有研究，對昆蟲也是一樣。

小桃道：「最低限度，有一點完全相若。」

小杏一旁忍不住問：「哪一點？」

小桃道：「牠們都不喜歡血，更不會吸血。」

常護花道：「所以事情覺得奇怪。」

小杏小桃怔住在那裏。

常護花迎風展開信箋，道：「崔北海之所以給我這封信，就是因爲吸血蛾日夜窺伺左右，命危在旦夕。」

小杏小桃又是一怔。

小桃脫口道：「真的有這種事情？」

常護花道：「從這封信看來就是真的了。」

小杏插口道：「這也許只是一個人的外號。」

常護花道：「不是。」

小桃又問道：「怎麼那種吸血蛾竟然會找上他？」

常護花忽然打了一個寒噤，就是連語聲也變得古怪起來，道：「因爲他的妻子是一隻吸血蛾的化身，是一個蛾精！」

小杏小桃反而笑了起來。

小桃笑著道：「你也相信世間有所謂妖魔鬼怪？」

常護花道：「我這樣說只因爲信上是這樣寫。」

他才將信箋遞出，小杏小桃已一齊接在手中。

她們很快就將信看完，面上的笑容卻全都不見了。

小桃青著臉，道：「這個崔北海的腦袋有沒有問題？」

常護花道：「三年前沒有，現在就不知道了。」

小桃說道：「你已經三年沒有見過他了？」

常護花仰眼望天，微喟道：「整整三年了。」

小桃問道：「三年前，他娶了妻子沒有？」

常護花搖頭。

小桃道：「這是說你還沒有見過他的妻子？」

常護花頷首道：「還沒有，不過很快就可以見到的了。」

小桃吃驚道：「你決定要去？」

常護花道：「非去不可。」

小桃囁嚅道：「你不怕他的妻子真的是一個蛾精？」

常護花道：「現在不怕。」

小桃道：「哦？」

常護花道：「因爲現在我連一隻吸血蛾都沒有遇上。」

小杏一旁忽又插口道：「走一趟也好，反正我們已很久沒有外出。」

常護花笑笑，道：「這一次我只是一個人前往。」

小杏「嗄」一聲，沉默了下去。小桃也變得沒精打采。她們都知道，常護花決定了的事情，絕對沒有人能夠要他改變。

常護花笑接道：「私人的恩怨，我實在不想你們插手。」

小杏小桃都沒有作聲。

常護花問道：「送信的崔義走了沒有？」

小桃道：「我叫了他在偏廳等候你的答覆。」

人仍在偏廳。崔義居然認得常護花，一見他進來趕緊就站起身子。

常護花瞪著他，道：「果然是你。」

崔義作揖道：「常爺還記得小人？」

常護花道：「你追隨崔北海出入好像不少年的了。」

崔義道：「小人世代都是侍候崔家的主人。」

常護花「哦」了一聲，轉問道：「你離開之時，家中到底發生了什麼事情？」

崔義結結巴巴道：「主人一連好幾天被吸血蛾驚擾……」

真的有吸血蛾這種蛾存在！

常護花不覺一怔，追問道：「你也見過那種吸血蛾？」

崔義搖頭道：「我沒有。」

常護花道：「其他的人呢？」

崔義道：「據我所知也沒有。」

常護花道：「見過的莫非就只是他一個人？」

崔義苦笑道：「這方面，我也不大清楚。」

常護花轉臉又問道：「崔北海將信交給你之時還說過什麼？」

崔義道：「只吩咐我盡快將信送到萬花莊。」

他也的確已盡快。信三月初七送出，今天才三月十三。由聚寶齋到萬花莊，並不只六日的路程。

常護花想想又道：「當時你看他可有什麼不妥的地方？」

崔義道：「主人當時的面色非常難看，一雙手不住的在顫抖。」

常護花沒有再問下去，因爲他知道再問也不會問出什麼。

他霍地回頭振吭吩咐道：「備馬！」

侍候在門外的一個老蒼頭應聲方待退下，院外忽然傳來一聲馬嘶。

小桃小杏竟然已替他準備好了馬匹。

常護花一笑舉步，崔義緊緊的跟在後面。

雪白的披肩，黃金吞口，紫色皮鞘的寶劍。

小桃替常護花繫上了寶劍，小杏亦替他扣好了披肩。常護花含笑登馬。

院中花如海，門外亦是花蔽天。煙雨迷濛，落英繽紛。

一聲輕叱，常護花策騎奔入了煙雨落英之中。紫騮嚼勒金銜響，衝破飛花一道紅。

三月初一，夜二更，一勾淡月天如水。

崔北海就像是這水中的游魚，心情舒暢極了。

只值三百兩黃金的幾件珠寶竟然賣出了五百兩黃金，的確是一件值得高興的事情。

他送走了客人，懷著五百兩黃金的票子，踏著輕快的腳步，穿過了迴廊，走過了花徑，回到後院的書齋。

這個書齋是他讀書的地方，亦是他收藏財富的地方。

書齋的一面牆壁之上，有一道暗門，門後有一道石級，直通一個地下室。

由暗門到地下室，一共有七重機關埋伏，除了他，沒有人能夠平安通過這七重機關埋伏。

他有這信心，因爲這七重機關埋伏都是他親自設計，他親自監造。

他本是一代巧匠「玄機子」的關門弟子，深得玄機子機關裝置的真傳，這七重機關埋伏更是他的精心傑作。

他確信，它們的可靠，深知它們的威力。

暗門的開關裝置在壁上掛著的一幅古畫之後。

唐伯虎的古畫，他只是隨隨便便的掛著，因爲他珍藏的珠寶，比起這幅畫何止貴重千倍。

現在他正站在這幅古畫之前。

明亮的燈光照耀之下，壁上畫上留下了他高大的影子。

他將畫掀起，影子便彷如當頭撕開。

這種情形他已不知經歷過多少次，就是這一次，他突然生出了一種異樣的感覺。

也就在這刹那，他的影子突然消失！消失在一個奇怪而巨大的影子之中。

絕不是他的影子突然變得巨大而奇怪，是一樣東西，突然出現在他的身後，奪去了那原來落在他身上的燈光。

是一樣東西，絕對不是人！

無論怎樣看，那都不像是一個人影，完全不像，倒像是一隻蝴蝶的影子。

靜止的影子，動也不動，這個影子出現的未免太突然！

崔北海一怔，半身猛一矮，一矮之後才疾過去。

那一個影子立時蓋住了他的臉，他亦幾乎是同時看真了那一樣東西。

並不是一隻蝴蝶，那是一隻蛾！一隻晶瑩如碧玉的青蛾，正附在書案上那盞燈的紗罩上。

燈光中，那隻蛾通體閃爍著妖異的幽光！幽光中一雙血紅的眼睛。

並不是眼睛！那只是一雙眼狀的血紅紋，左右分佈在青蛾的第二對翅上！

眼狀的血紅鱗紋周圍，亦是血紅的纖細鱗紋，彷彿佈滿了血絲。

血絲彎彎曲曲的由下向上伸展，凝聚在那雙「眼」的上方，就像是一雙眼眉，方圓的蛾肚更像是一個鼻子。

驟看來，那簡直就像是一張臉，沒有臉的面，鬼臉！人，大概還不會有一張那麼恐怖的臉龐。

這張臉之上，便是這隻蛾的第一對翅，上面也有那種血紅的鱗紋，稀少而淡薄，牠的第一對翅，就像是一頂奇怪的碧玉冠。

碧玉冠的中央當然就是蛾首的所在。

蛾首的左右各有一條羽狀的觸角，還有一雙球形的東西，這才是牠的眼睛。

這雙眼睛，竟與牠翅上那雙眼睛完全一樣顏色，紅得就像是鮮血，而且還在閃光。

血光！這雙閃爍著血光的眼睛彷彿在瞪著崔北海！

崔北海有這種感覺。這刹那之間，他突然由心生出了一種恐懼。

一種前所未有的恐懼！

他很想將目光移開，可是一刹那，他突然發覺自己的眼睛已經麻木，整個身子彷彿都開始麻木。

那一雙血紅的蛾眼，似乎蘊藏著一種奇大的魔力，吸住了崔北海的眼睛！

就連崔北海的魂魄，也好像被吸住了。

他開始感覺到自己的魂魄正漸漸離開自己的軀殼。

也就在這時，他看到了那隻蛾的口。

血紅的蛾口，當中吐出了一支血紅的吸管，針一樣燈光中閃光！

一股森冷的寒氣幾乎同時從崔北海的腳底升起，亦尖針一樣，迅速的刺入了他的心！

他心頭一凜，神智一清，整個身子立時如同浸在冰水之中，魂魄亦像是同時飛回。

他的眼瞳同時露出了恐懼之色，就像是突然想到了什麼可怕的事情！

他脫口突然一聲驚呼——「吸血蛾！」這完全不像他的聲音。

吸血蛾三字出口，他臉上的肌肉亦已扭曲，那同樣不像他的臉龐。

他彷彿變了另外一個人！

「哧」一聲異響，那盞燈的紗罩上同時出現了一個小孔，青蛾那一支血紅的吸管正插在洞中。

這支吸管顯然非獨外形如同尖針，實質亦如同尖針一樣銳利。

好像這樣的一支管自然亦不難刺入人的肌膚。

瞪著那被刺的燈罩，崔北海只覺得自己的肌膚亦已被刺破，體內的鮮血正迅速的被抽出體外！

他的手冰冷，冰冷的雙手早已一齊按在腰帶之上。

那並非一條普通腰帶，腰帶之內藏著他成名江湖的「七星絕命劍」！

——三尺長的軟劍，劍上嵌著七顆星狀的暗器，一劍刺出，內力勁透劍身之時，那七顆星狀的暗器便飛脫疾擊，出其不意的取人性命！

到現在爲止，還沒有人在他那一劍「七星絕命」之下保住性命！

「七星奪魄，一劍絕命」！對人是這樣，對蛾又如何？

吸管已縮回，針一樣大小的一點特別明亮的光芒照在蛾首之上。

靜寂的書齋中突然響起了「霎霎」的異聲。

蛾翅已開始抖動，崔北海一顆心卻開始收縮，「霎霎」之聲更響亮！

拳大的一隻青蛾突然變得拳一樣寬闊，「霎霎」聲中越變越大！

燈罩逐漸被青蛾掩蓋！

崔北海瞳孔亦暴縮，汗流披面！

「沙」一聲，蛾霍地離燈飛起，惡鬼一樣撲向崔北海！

蛾首的一雙眼，蛾翅的一雙眼狀花紋，就像在血火中燃燒，血在火中閃動！

吸管又吐出，劍一樣刺出！

吸血蛾！崔北海撕心裂肺一聲怪叫，七星絕命劍終於出手！

閃電一樣的劍光，寒星一樣的冷芒，一劍七星，同進飛擊！

七星奪魄，一劍絕命！

奪奪奪奪的七聲異響，七顆星形的暗器疾釘在桌面之上！

紗罩在劍光中一替為二，嗤一聲高飛！

燈中的火蕊亦同時在劍光中兩斷，飛入了半空！

整個書齋驟然暗下來！那盞燈的火蕊，就像是鬼火般半空飛舞！

蛾呢？剎那之間，魔鬼般幻變撲擊的那隻吸血蛾突然變得通透，只剩下一個閃亮發光的輪廓，劍一到，就連那個輪廓都消失了。

魔鬼般消失！崔北海張目四顧，汗流披面！

他的劍忽又伸出，接住了那半空落下的火蕊，移回燈油上！

燈又再燃起，漸漸的又變得明亮，明亮的燈光下，崔北海看得很清楚，書齋中只有他一個人。

沒有蛾，蚊蠅都沒有一隻，方才所見難道只是幻覺？

他伏身拾起了掉在地上的那一截燈罩。

燈罩上赫然有一個尖針般大小的洞孔，那個洞孔也正就在方才那隻吸血蛾的吸管刺入的地方。

絕不是幻覺！崔北海全身都冰冷。

二　蛾王之謎

三月初二。午前，湖畔。

水如碧玉山如黛，湖畔則柳重煙深，替色濃如酒。

崔北海心頭的憂愁卻是比酒還深濃，濃得化不開。

昨夜的事情猶有餘悸，他走在柳煙中，腳步沉重。

眼前的景色雖然秀麗，他卻是視若無睹。

他哪裏還有這種心情。

今天他所以到這裏來，只因爲在這裏可以找到杜笑天。

杜笑天是他的朋友，也是這個地方的副捕頭，使得一手好刀，人亦聰明，先後曾經破過好幾件棘手的案子。

有人說，如果杜笑天的背景有楊迅的一半優越，這個地方的總捕頭就會是杜笑天而不是楊迅。

對於這些話杜笑天並沒有表示任何的意見。

他看來很滿意副捕頭這個職位。

現在他正走在崔北海身旁，那樣子就彷彿已沉醉在山色柳煙湖光中。

他亦是專誠爲了欣賞這一帶的風景而來。

因爲他辦完了一件案子，正要鬆弛一下緊張的心情。

崔北海走到他的身旁他才知道，他驚訝的望著崔北海。

在這裏遇見崔北海實在大出他意料之外，他清楚崔北海的爲人。

這並不是崔北海這種喜歡享受的人來的地方，何況崔北海又是獨自一個人？崔北海也在望著他，臉上神色非常特別。

杜笑天奇怪極了。

他還是笑笑，打了個招呼，道：「你也喜歡這個地方？」

崔北海目不轉睛，說道：「不怎樣喜歡。」

杜笑天笑道：「這就巧極了，我也實在想不到竟會在這種地方遇上了你。」

崔北海道：「我想得到。」

杜笑天一怔，道：「哦？」

崔北海道：「我到過你家，你家裏的人告訴我你來了這裏。」

杜笑天恍然道：「你到這裏來，莫非就是爲了我？」

崔北海頷首。

杜笑天詫異的問道：「什麼事情找得我這麼急？」

崔北海腳步一收，道：「的確有一件事情請教。」

他半身一轉，又舉起腳步，竟是向原路走回去。

杜笑天只有跟著。

崔北海一邊走，一邊又道：「我知道你足跡遍天下，見識多廣，這件事這地方的人也許聽都沒有聽說過，你卻未必會全無印象。」

杜笑天忍不住問道：「到底是什麼事？」

崔北海打了寒噤，道：「你可知吸血蛾這種東西？」

「吸血蛾？」

杜笑天又是一怔，道：「你是說生長在瀟湘山野林間的那種吸血蛾？」

崔北海喜道：「你果然知道。」

杜笑天笑道：「我本是來自瀟湘。」

崔北海道：「這最好不過。」

杜笑天轉問道：「你突然問起我那種東西幹什麼？」

崔北海不答反問：「那種東西究竟是什麼東西？」

杜笑天壓抑住心中的詫異，回答道：「就是一種蛾。」

崔北海問道：「與一般的蛾，完全一樣？」

杜笑天道：「外形是一樣，顏色卻與眾不同。」

崔北海問道：「是什麼顏色？」

「青綠色。」

杜笑天道：「青綠得就像碧玉，眼卻是紅色，在牠第二對翅之上，還有一對眼狀的花紋，亦是鮮紅如鮮血，眼紋的附近，更是佈滿了血紅的血紋。」

崔北海道：「是不是因爲吸噬了人獸的血，所以才變成那個樣子？」

杜笑天搖頭，道：「你也聽說過那個傳說？」

崔北海說道：「難道，就只是一種傳說？」

杜笑天頷首笑道：「本來就是的。」

崔北海道：「如此豈會叫牠們吸血蛾？」

杜笑天道：「就因爲牠們那對血紅的眼睛，那對血紅的眼紋，及分佈在兩翅之上血絲一樣的紋理，無知的土人認爲完全是由於牠們吸血所致，給了牠們這一個稱呼。」

他一頓，接下去：「也並不只是吸血蛾一個名稱，還有人叫牠們做鬼面賊。」

崔北海不覺點頭，道：「從背後看來，那的確就是一張鬼面。」

杜笑天笑笑，忽問道：「你何時見過鬼了？」

崔北海一怔道：「從來沒有見過。」

杜笑天道：「那你怎會知道，鬼面是什麼樣子？」

崔北海道：「我也不知道，我只知道人面絕不是那個樣子。」

杜笑天笑接道：「此外，有人叫牠們做雀目蛾，魔眼蛾，這是由於第二對翅之上的那一對眼狀花紋。」

崔北海道：「魔眼比雀目，適切得多了。」

杜笑天道：「嗯。」

崔北海問道：「那種蛾，果真不會吸血？」

杜笑天道：「本來就不會，牠們翅上的血紋生來就已經有的了。」

崔北海道：「你能夠肯定？」

杜笑天沒有回答。

崔北海盯著他。

杜笑天看看崔北海，苦笑說道：「我雖然還不能夠肯定，卻也沒有見過吸血蛾吸血，而且沒有聽過任何人說及。」

崔北海道：「也許見過的人都已被吸血蛾吸乾了體肉的血液，都已變成了死人。」

他深深的吸了一口氣，又道：「死人是絕不會說話的。」

杜笑天苦笑道：「也許真如你所說，不過以我所知，蛾類並不喜歡血。」

崔北海道：「難保有例外。」

杜笑天一再搖頭，道：「我始終認爲，那只是一種傳說。」

崔北海微喟，道：「我也希望那只是一種傳說。」

杜笑天道：「哦？」

崔北海接道：「最低限度我就不必再擔心。」

杜笑天愕然道：「你在擔心什麼？」

崔北海道：「擔心吸血蛾，吸吮我的血。」

杜笑天更加奇怪，不由的問道：「你什麼時候見過吸血蛾了？」

崔北海道：「昨夜。」

杜笑天驚訝道：「昨夜？」

崔北海道：「我雖然聽說過吸血蛾這種傳說，可從來沒有到過瀟湘，也沒有見過那什麼吸血蛾，就只是昨夜……」

杜笑天截道：「這樣你怎能確定昨夜所見的就是吸血蛾？」

崔北海一聲輕嘆道：「因爲昨夜突然出現於我書齋之內的那隻蛾與傳說中所描述的那種吸血蛾完全一樣。」

杜笑天奇怪的道：「瀟湘離開這裏雖然還並不怎麼遠，但吸血蛾可能飛到這裏來，這可是前所未有。」

崔北海道：「我亦是從來沒有聽說過曾有人在這裏看見吸血蛾出現。」

杜笑天道：「這裏也許是由於環境不大適合的關係，不過環境並不是完全沒有變化，吸血蛾的飛來這也不是絕對沒有可能。」

他笑笑，又道：「就算是看到了一隻吸血蛾也不必這樣擔心，在瀟湘的時候我見得也不算少的了，現在又何嘗不是活得很好。」

崔北海道：「你看到牠們的時候，也許牠們早已吃飽了肚子，並不想吸血。」

杜笑天大笑道：「也許是的。」

崔北海沒有笑，愁眉苦面。

杜笑天獨笑實在不是滋味，收住了笑聲，道：「我看你昨夜一定是給那隻吸血蛾嚇慘了。」

崔北海無言頷首，並沒有否認。

杜笑天接問道：「昨夜那隻吸血蛾就企圖吸你的血不成？」

崔北海微微變色，道：「我看牠的確有這種企圖！」

杜笑天又在笑道：「結果牠吸了你的血沒有？」

看他的樣子，簡直就當崔北海在說笑般。

崔北海卻始終沒有笑，也不在乎杜笑天的態度，道：「沒有，牠剛要撲到我身上，我的劍已出擊！」

杜笑天吃驚的道：「怎麼對付一隻蛾你也要用到兵器？」

他那個樣子，那種說話的語氣，分明在譏諷崔北海的小題大做。

崔北海毫不在乎，說道：「還用到暗器。」

杜笑天道：「一劍七星？」

崔北海正色道：「我全都用上了。」

杜笑天這才真的吃了一驚。

他終於發覺崔北海完全不像在說笑。

七星奪魄，一劍絕命，這本是崔北海的成名絕招，等閒不示人，也是非危急關頭，絕不會輕易出手。

他連忙問道：「結果怎樣了？」

崔北海道：「我一劍七星痛擊之際，那隻吸血蛾就不見了。」

杜笑天追問道：「如何不見了？」

崔北海道：「是突然消失，魔鬼般突然消失。」

這一次輪到杜笑天盯住了崔北海，道：「昨夜你可曾喝酒？」

崔北海道：「滴酒也沒有沾唇。」

杜笑天再問道：「那麼，可是午夜夢迴？」

崔北海道：「當時我剛送走客人，剛進入書齋。」

杜笑天瞪著眼睛，道：「既不是醉眼昏花，又不是睡眼朦朧，那是真的了？」

崔北海輕嘆一聲，道：「你還在懷疑我的說話？」

杜笑天苦笑道：「你說得這麼實在，我就是想懷疑也不成。」

崔北海亦自苦笑，道：「若不是目睹，我也是難以置信。」

杜笑天忽道：「你找我，就是要告訴我這件事？」

崔北海道：「還有兩個原因。」

杜笑天道：「第一個原因是什麼？」

「我想問清楚，是不是真的有吸血蛾這種東西存在？」

「你現在已清楚，第二個原因？」

「要向你請教禦防的方法。」

杜笑天怔住在那裏。

崔北海接問道：「到底有什麼辦法可以阻止吸血蛾的襲擊？那種吸血蛾最避忌的又是什麼東西？」

杜笑天攤開雙手，苦笑一聲，道：「不知道。」

崔北海立時顯得沒精打彩。

杜笑天忙安慰道：「你也不必太擔心，那種東西，依我看並不如傳說中那麼可怕。」

崔北海忽道：「我記得還有這樣的傳說，第一隻出現的吸血蛾是蛾王的使者，蛾王選擇了吸血的對象之後，就派出了這個使者，也就是給人一個通告，這個使者出現之後，其他的吸血蛾亦會陸續出現，到了蛾王出現的時候，群蛾就蜂湧撲擊，將牠們口中的尖刺刺入那個人的身子，吸乾那個人體內的血液！」

杜笑天點頭道：「傳說是這樣。」

崔北海道：「據說蛾王的出現都是在月圓之夜。」

杜笑天沉吟道：「據說是的。」

他連隨又道：「今天才初二，到十五還有十三個晚上。」

崔北海道：「很快就十三個晚上。」

杜笑天道：「這幾天晚上你不妨小心留意一下，如果那種吸血蛾繼續出現，我們再想辦法應付也不遲。」

崔北海沒有作聲。

杜笑天道：「過幾天我會到你那裏走一趟。」

崔北海仍沒有作聲，忽的又停下了腳步。

杜笑天不覺亦停下了腳步，嘟喃道：「也許那只是你一時的幻覺，以爲那隻蛾企圖吸你的血。」

這句話說完，他才發覺崔北海雙目圓睜，目定口呆的盯著旁邊的一株柳樹的樹幹。

他下意識順著杜笑天的目光望去。

他的面色立時一變，樹幹之上赫然伏著一隻蛾！

晶瑩如碧玉的青蛾，翅上彷彿佈滿了血絲，還有一對眼狀的鮮紅花紋。

蛾首上的一對蛾眼睛也是顏色鮮紅，鮮紅的有如鮮血。

吸血蛾！杜笑天眼都直了。他一怔連隨舉步，急步向那株柳樹走去！

崔北海拉都拉不住，口張著，一個字都說不出來。

杜笑天走近柳樹，腳步便緩下，那腳步一停，他的右手就伸出，緩緩的伸出，抓向其中的一隻吸血蛾！

他的手還未伸到，那兩隻吸血蛾已然飛起！

這種吸血蛾反應的敏銳竟不在一般蝴蝶之下！

杜笑天身形更加敏捷，凌空暴起，右手一連三抓，他要抓的那隻吸血蛾終於給他抓在手當中！

他出手雖然迅速，卻極有分寸，那隻吸血蛾並沒有死在他手中，兩隻翅不住的在撲勁！青白的蛾粉撲滿了杜笑天的手掌！杜笑天大笑。

那隻吸血蛾卻彷彿已驚的發瘋，血紅的一雙眼睛更紅，簡直就像要滴血。

杜笑天笑顧崔北海道：「這種蛾若是真的會吸血，現在就該吸我的血了……」

話未說完，他的面色突又一變！

一下刺痛正尖針般刺入了他的食指！他倉惶回顧。

一隻血紅的吸管尖針已從那隻吸血蛾的嘴唇吐出來，刺入了他的食指！

杜笑天看在眼內，不由面都發了青。

他忽然覺得，食指的鮮血不住的被抽出

這到底是錯覺抑或事實是這樣，他自己也無法分辨得出來。

一種強烈的恐懼剎那襲上他的心頭。

「吸血蛾！」

他脫口一聲驚呼，抓住那隻吸血蛾的右手不覺已鬆開！

霎一聲，那隻吸血蛾立時從他的手中飛出，飛入了柳蔭深處。

還有的一隻吸血蛾更早已飛的不知所蹤！

杜笑天的目光隨著那隻蛾射向柳蔭深處，一射立即就轉回，落在自己的食指之上。

沒有血流出，指尖卻有鮮紅的一點，他眼都直了。

崔北海亦盯著杜笑天那隻食指，一張臉似乎比紙還白。

他心中的驚恐絕不在杜笑天之下！

兩個人就呆呆的站在那裏。

也不知過了多久，還是杜笑天打破緘默，道：「這種東西居然真的會吸血。」

他居然還笑得出來，但笑容卻已簡直不像笑容。

崔北海就更笑不出了，他死盯著杜笑天那隻食指，喃喃自語的道：「昨夜是一隻，今天是兩隻，明天又是多少隻？」

他的語聲很古怪，完全不像是他本來的聲音。

杜笑天聽著不由就打了一個寒噤。

崔北海的目光突然轉投在杜笑天的面上，道：「什麼時候你想到辦法，就來告訴我。」

語聲甫落，倏的飛步奔出。

杜笑天脫口高聲叫道：「你現在到哪裏去？」

崔北海遙遙應道：「找其他朋友，看看有沒有辦法應付。」這句話說完，人已去遠了。

杜笑天沒有追前，整個人彷彿凝結在柳煙中。

這種事他實在難以置信，現在卻又不能不相信。

未到中午，已近中午。湖畔仍煙深。

飄飛在春風中的柳條依舊煙霧中迷離，這本來美麗的景色在杜笑天的眼中已變的詭異。

風吹柳蕭蕭，彷彿群蛾在騷動。

吸血蛾！

三月初三，風雨黃昏後。

崔北海靜坐在房中，眉宇之間盡是憂慮之色。

他剛用過飯，飯菜拿走的時候，卻好像完全沒有動過一樣，這兩天他的胃口並不好。

昨天晚上吸血蛾雖然沒有再次出現，午前在湖畔柳蔭出現的那兩隻吸血蛾已足以影響他的食慾。

看見他這個樣子，易竹君自亦胃口全無，淺嚐即止。

易竹君並不是別人，就是崔北海的妻子，她比崔北海年輕十年。

三年前，她就像春風中的鮮花，春花上的蝴蝶，美麗而活潑。

三年後的今日，她看來卻似比崔北海還要老。

皺紋雖然還沒有，青春彷彿已離她遠去，就只有一雙眼睛，猶帶著青春熱情，發亮的眼瞳，就像是黑色的火焰，依舊在燃燒。無論誰都看得出，這三年之內她並不好過，的確不好過。

生活的舒適，並未能消除她內心的苦悶。

因爲她所嫁的並不是她希望嫁的人。

嫁給崔北海那一日開始，她便已死了一半。

她雖然還未死亡，人已像缺水的花一樣日漸凋謝。

她這種心情崔北海或者不知道，她的養母易大媽卻是清楚得很，只是易大媽根本就沒有放在心上。

易大媽放在心上的只是一樣東西——金錢。

她之所以收養易竹君，只因爲她早就看出易竹君是一個美人胚子，長大後一定可以從她身上大大的撈一票。

她所以讓易竹君錦衣美食，將易竹君訓練成一個出色的歌姬，只要她賣技，不要她賣身，只要她陪酒，不要她陪人，並非出於愛護，不過在等候理想的賣主。

價錢一談妥，她便將易竹君貨物一樣賣給了崔北海。

易竹君這才知道易大媽是怎樣一個人，這才知道易大媽居心何在，她卻也只有認命。

易大媽爪牙眾多，崔北海更不簡單，她若是拒絕，只有一條路可走——死路！

她並不想走這條路，因為她還年輕，她嫁給崔北海的時候，只有十九歲。

十九歲的年輕人，有幾個不愛惜生命？

她一直認為自己可以忍受，但事實證明，她只是勉強忍受。

儘管在青樓長大，她並沒有沾染青樓女子的習氣。

這還不是主要的原因，主要的原因是她心有所屬。

第一夜，下嫁崔北海的第一夜，她只有一種感覺，被強姦，被摧殘的感覺，這種感覺到現在仍然存在。

一個女人長期在這種感覺之下生活，不變成瘋子已經奇怪。

現在她是變得蒼老。她表面看來不過像老十年，那顆心卻已快將老死。

有誰知道她的心？崔北海第一個就不知道。

他倒像是真的喜歡易竹君，一直以來他都在想辦法博取易竹君的歡心。

只有這兩天例外。這兩天他完全沒有這種心情。

吸血蛾的出現已使他方寸大亂。

——吸血蛾為什麼一再在自己的眼前出現？是不是蛾王選擇了自己？

三月初一晚上出現的那一隻吸血蛾是不是就是蛾王的使者？

——蛾王爲什麼偏偏選中自己？

——如果蛾群真的來吸血，自己又應該如何應付？

他整天都在想著這些事情，現在也沒有例外

雨珠則早已停下，窗前仍滴水，水珠在燈光中閃光，一閃即逝。

崔北海盯著窗前的滴水，心頭有如一堆亂草，燈光突然一暗！

崔北海就像驚弓之鳥，長身暴起，颯地一轉，目光疾落在身後不遠，几子上的那盞銀燈上。

那盞銀燈的燈罩上面赫然左右上下，十字形緊伏著四隻吸血蛾！

四隻吸血蛾，蛾翅蛾首一共八對血紅的眼睛，燈光中閃著血光，彷彿都在盯著崔北海。

牠們不知從何而來，完全聽不到牠們展翅飛動的聲音，燈光一暗的刹那，就魔鬼般出現！

崔北海雙目圓睜，瞬也不一瞬，眼角的肌肉卻不住在跳動。

他的右手已然握著腰間那支七星絕命劍，一手的冷汗。劍雖未出手，殺氣已飛揚。

四隻吸血蛾直似未覺，完全沒反應。

易竹君反而給崔北海這突然的舉動嚇了一跳。

她本來靜靜的垂首坐在一旁，並沒有望崔北海，可是崔北海那一起身，椅子都被他倒翻。

「砰」一聲靜寂中聽來，份外響亮。

她一驚抬頭，就看到崔北海恐懼的面容。

她脫口問道：「什麼事？」

崔北海聽得問，一側首，啞聲道：「蛾！」

「哦？」易竹君奇怪：「什麼蛾？」

崔北海道：「吸血蛾！」

「吸血蛾？」易竹君更加奇怪。彷彿聽都沒有聽過這個名稱，這種東西。

崔北海啞聲接道：「四隻吸血蛾！」

易竹君道：「在什麼地方？」

崔北海戟指道：「燈罩上！」

易竹君偏頭望去。

她就坐在那盞銀燈之下，卻完全沒有發覺燈罩之上出現了四隻吸血蛾，方才燈光的一暗，她亦似並無感覺。

現在她的目光已落在燈罩之上，立時就一臉詫異之色。

是詫異，絕不是恐懼。

她詫異的將頭轉回，詫異的望著崔北海，道：「燈罩之上何來四隻吸血蛾？」

崔北海一怔，瞪大眼睛。

他看的真切，四隻吸血蛾分明仍然附在燈罩之上。

易竹君卻竟沒有看見，莫非在她望去的刹那，四隻吸血蛾便自隱去？

他雙眼瞪的更大，急聲道：「你仔細再看清楚。」

易竹君應聲側首，這一次她像崔北海，眼睛瞪的大大。

那四隻吸血蛾即使只得蚊蠅般大小，現在亦難以逃過她的眼底的了。

她看得很仔細，卻還是搖頭。不成，她仍然沒有看見。

崔北海忍不住問道：「看見沒有？」

易竹君搖頭道：「沒有。」

崔北海嘶聲道：「我分明看見四隻吸血蛾！」

易竹君嘆了一口氣，道：「我卻一隻都沒有看見。」

她並不像在說謊。——難道是自己眼花？

三 長夜漫漫

崔北海揉了一揉眼睛，再望去。

四隻吸血蛾仍在燈罩之上，血紅的眼睛彷彿帶著譏誚。絕不是眼花！

易竹君怎會看不見？他霍地盯著易竹君，沉聲道：「你真的沒有看見？」

易竹君又嘆了一口氣，索性閉上了嘴巴。

崔北海「哼」一聲，突然舉步走向那盞銀燈。

他走得很慢，右手緊緊的握住了劍柄，眼睛狠狠的盯著那四隻吸血蛾！

一有異動，他的七星絕命劍就全力出擊。

四隻吸血蛾卻一動也不動。

崔北海三步跨出，右手的青筋便已根根怒起。

左手也一樣，五指已如勾曲起！只不過七步他就來到銀燈之前。

觸手可及，劍仍未出擊，從他身上透出來的殺氣，已幾乎可以將燈火迫滅。

燈火未滅，四隻吸血蛾仍然動也不動，眼中的譏誚似乎更濃了。

牠們簡直不將崔北海放在眼內。

崔北海也有這種感覺。忽然感覺憤怒！憤怒取代了恐懼。

怒從心上起，惡向膽邊生，他一聲斷喝，右手猛抓了出去。

眼看這隻手就要抓在燈罩之上，那四隻吸血蛾忽然變的通透。

血紅的眼睛刹那變得昏黃，四隻吸血蛾就只剩下四個碧綠的輪廓。

那樣子簡直就像是燈罩上用碧綠的顏料白描著四隻青蛾。

崔北海的眼瞳暴縮，一隻手卻變的僵硬，凝在半空。

碧綠的輪廓這瞬間亦變的昏黃。

昏黃的銀燈的燈罩，四隻吸血蛾已完全消失！

魔鬼般消失！這種事這已是第二次發生。

崔北海張目四顧，消失在燈罩之上的四隻吸血蛾，並沒有在他處出現。

崔北海不由徬徨起來。這妖魔鬼怪一樣出沒，抓都抓不住的吸血蛾，他實在不知應該如何應付。

——這到底是吸血蛾還是吸血鬼？

易竹君吃驚的望著他，那表情就像在望著一個瘋子。

如果她真的沒有看見那四隻吸血蛾，崔北海方才的舉動在她的眼中看來，的確就像是一個瘋子。

莫非這些吸血蛾原就是妖魔的化身，只有牠們要害的那個人才能夠看見？

崔北海的目光一轉再轉，終於又落在易竹君的面上。

他本想說幾句話，緩和一下動盪的心情，誰知目光一落到易竹君的面上，就看到一隻血紅色的眼睛！

這本是易竹君的眼睛，不知何時已變的通紅！

紅得就像是鮮血，紅得就像要滴血！

點漆一樣的眼珠已然消失，易竹君的眼睛就像是蜜蜂的巢，竹篩的孔！

千百個蜂巢篩孔一樣的眼睛結合在一起，組成了這一雙眼！

吸血蛾的一雙眼豈非是這個樣子？

易竹君的臉龐變了顏色，嫣紅的一張臉色已變的青白，青白而晶瑩，就像吸血蛾的血！

崔北海目定口呆。

易竹君嘴唇旋即張開，好像要說話，可是那嘴唇張開，說話卻沒有出來，舌頭反倒出來了。

尺多長的舌頭，尖銳如刺槍，鮮紅如鮮血！

她簡直就是吸血蛾的化身！

崔北海脫口一聲怪叫，蹬蹬蹬連退三步！

他的手指著易竹君，嘴唇不住的顫動，卻連一個字都說不出來。

一種前所未有的恐懼，噎住了他的咽喉。

那份恐懼迅速的蘊斥他的整個身子，他的整個身子都開始顫抖。

自己的妻子竟變成妖怪，要吸自己的血，若換是第二個人，嚇都只怕已嚇死。

他雖然沒有嚇死，膽已簡直要破了。

若不是親眼看見，他實在難以相信竟會有這樣的事情。

這片刻，易竹君的舌頭已又伸長了很多。

她的雙手已按在椅把之上，看情形便要站起身子，走過來，吸崔北海的血！

她還沒有站起來崔北海已心驚膽顫。

一股森冷的寒氣從他的腳下升起，襲上了他的心胸，衝開他噎住的咽喉。

他嘶聲突呼：「不要走過來！」

語聲充滿了恐懼，完全不像是他的聲音。

易竹君半起的身子應聲坐下，道：「你到底怎樣了？」

話一出口她那條鮮紅的舌頭就消失不見，青白的面色也恢復了嫣紅，眼睛亦變回原來的樣子。

這只是剎那間的事情，崔北海只覺眼前一花，易竹君可怕的形像就完全消失！

魔法只怕也沒有這麼迅速！

崔北海實在有些懷疑這一切完全是自己的幻覺。

他突然一個箭步竄到易竹君的面前，雙手閃電般伸出，左手扣住了易竹君的面頜，右手捏開了易竹君的嘴巴。

易竹君的兩排牙齒美如編貝，與平時一樣，舌頭也與平時無異，與常人無異。

崔北海「嗄」一聲，放開雙手。

易竹君的嘴巴仍張開，眼睛瞪得大大，眨也不眨，彷彿給崔北海的舉動嚇呆了。

崔北海盯著她，緩緩退開，「颯」的倒在一張椅子之上，面色如紙一樣蒼白。

窗外卻已暗黑，夜色濃如潑墨，長夜漫漫，如何待得到破曉？

三月初四，漫漫長夜終於逝去。

崔北海清晨起來，眼中布滿了紅絲。

這一夜，他沒有半刻好睡，幾乎是睜著眼一直到天明。

平日這個時候他大都猶在夢中，即使已醒來，他也會留在床上。

因爲床上除了他，還有易竹君。

現在易竹君仍在床上，他卻已無法在床上耽下去。

對於易竹君他已心存恐懼。

他一夜不睡，就是擔心在他睡著的時候，易竹君又變成吸血蛾，伸出長長的舌頭，刺吸他的血。

一夜不睡對於他還沒有多大的影響。

他伸了伸一個懶腰，一振精神，緩步走到衣櫃前面。

這三年以來，幾乎每一天都是自己取衣服穿著。

因爲他不想易竹君太辛苦，今天更不例外。

他雙手一落一分，拉開了衣櫃的兩扇門。

衣櫃一打開，他就看到了八隻眼睛！

血光閃動的眼睛，血紅的眼睛。

「霎霎霎」的一陣異響，八隻吸血蛾在櫃門打開的刹那，飛蝗般從櫃中撲出來，撲向崔北海的面龐。

血紅的吸管要刺在崔北海的面上！

崔北海「嘩」的一聲怪叫，驚翻在地上。

熟睡中的易竹君給這一聲怪叫驚嚇的從床上跳起來。

她驚顧跌翻地上的崔北海，急問道：「發生了什麼事？」

崔北海嘶聲道：「發生了什麼事，你難道沒有看見那些蛾，吸血蛾！」

易竹君張目四顧，道：「哪裏有什麼吸血蛾？」

崔北海颯的從地上跳起身，瞪著滿布血絲的眼睛，搜遍整個房間。

的確沒有蛾，一隻都沒有。

衣櫃中飛出八隻吸血蛾這瞬間已不知所蹤！

四面的窗戶全都關上，門戶也還未開啓，這八隻吸血蛾莫非又是魔鬼般消失？

崔北海手扶衣櫃，看看衣櫃又看看易竹君，一個身子簌簌的，不住發抖。

大清早吸血蛾就出現，這到底是預告，還是恐嚇？

三月初一吸血蛾只出現一隻，三月初二是兩隻，三月初三是四隻，到今日三月初四，卻已是八隻！

每一次吸血蛾的出現恰好是前一日的一倍！

今日是八隻，明天吸血蛾若是出現，應該就是十六隻的了。

除非這全都是巧合，否則這種吸血蛾只怕就真是妖魔的化身！

要不是妖魔的化身，又豈會懂得二的一倍就是四，四的一倍就是八。

三月初五，夜，夜，夜風透窗，燈搖影動。

銀燈彷如變了走馬燈，一簇吸血蛾環繞著銀燈「霎霎」飛舞。

崔北海沒有動，他靜坐床緣，數著那一簇吸血蛾。

十六隻，崔北海由心寒了出來。

他偷偷的望了易竹君一眼，易竹君坐在床內，也在望著那銀燈。

他霍地正望易竹君，問道：「你望著那燈幹什麼？」

易竹君一怔，幽幽道：「我看見你老是望著那盞燈，心裏覺得很奇怪，所以也看看。」

崔北海「哦」了一聲，接問道：「你看到什麼？」

易竹君道：「一盞銀燈。」

崔北海冷冷的說道：「就只是一盞銀燈？」

易竹君點頭。

崔北海轉問道：「燈光是不是不住的在閃動？」

易竹君道：「沒有這種事。」

崔北海又問道：「你有沒有聽到霎霎的聲響？」

易竹君道：「沒有。」

崔北海啞聲道：「你難道真的沒有看見十六隻吸血蛾，環繞著那盞燈不停的飛舞？」

易竹君搖頭，道：「真的沒有。」

崔北海慘笑一聲道：「你說謊，你騙我。」

易竹君嘆了一口氣，沒有作聲。

崔北海呆呆的道：「我待你有何不好，你為什麼這樣待我？」

易竹君只有嘆氣。

崔北海呆呆的站起身子，緩步走向那盞銀燈。

未等他走到，十六隻吸血蛾已通透，只見一個碧綠的輪廓，旋即就消失。

崔北海毫不動容，他早就知道必然又是這種結果。

這種事已不是第一次在他眼前發生，他慘笑，也只有慘笑。

三月初六，夜，夜已深。風禁鈴索清如語，月迫紗窗薄似煙。

崔北海臥在床上，心情很寧靜。

這六天以來，只有今天他覺得比較好過。

因爲整整一天，吸血蛾都沒有在他的眼前出現。

迷濛的月色帶著種說不出的美麗。

他望著這美麗的月色，心裏頭忽然生出了一種強烈的衝動。

他轉過半身，望著睡在他身旁的易竹君。

易竹君已入睡，熟睡，月色淡薄。

他雖然看不真易竹君迷人的睡態，卻可以想像得到。

他與易竹君已是三年夫妻，已不下千次看到易竹君嫵媚的睡姿，美麗的胴體。

何況他現在還可以聽得到易竹君輕微的呼吸聲響，輕淡的肉體芳香。

易竹君的肉體，充滿誘惑，就連那呼吸聲現在聽來，也份外撩人。

崔北海實在忍不住了。

他的手從被底下伸過去，就碰到了易竹君的手。

易竹君的手滑如凝脂，卻亦如凝脂一樣清冷，彷佛易竹君的體內的血液已經凝結，已經冰結。

這對於崔北海來說反而是一種刺激。

強烈的刺激！他的咽喉漸變的乾燥，氣息卻變的急促起來。

他半起身子，手順臂而上，到了易竹君的肩膀，就轉往下移，移向易竹君的胸膛。

易竹君的胸膛正在微妙地上下起伏。

雖然看的不大清楚，崔北海已心蕩神旌。

他的氣息更急促，手伸的更下，輕輕的揉著易竹君的胸脯！

他的手才一揉就停下，一面的奇怪。

這的確是一件非常奇怪的事情，那一揉他的手竟摸到了三隻乳房！

他的手現在就停在易竹君那第三隻乳房之上——怎會有三隻乳房？

他將手移開了一些，瞇起眼睛凝神望去。

並不是幻覺，的確有三隻乳房——那第三隻乳房！

那第三隻乳房就在本來應該是乳溝的地方隆起來。

著手是軟綿綿的感覺，那隻乳房還在輕輕的顫動。

易竹君的身子，沒有人比他更清楚的了。

他清楚知道，易竹君一如常人，一直就只有兩隻乳房。現在，卻竟然多出了一隻！

——這到底是怎麼一回事？

——莫非是她放了什麼東西在乳溝那裏？

——那又是什麼東西？

崔北海忍不住分開易竹君的領子，一手滑入，探向乳溝，摸向那第三隻乳房！

一手摸上去，崔北海更加奇怪！

那隻乳房之上赫然長滿了絨毛——到底是什麼東西？

崔北海正要探索清楚，那隻手五隻手指之上突然感到一連串刺痛！

針刺一樣的刺痛，就像是無數根利針一齊吸入了他的手指！

然後他就感到整隻手突然抽搐起來，手內的鮮血彷彿不住的被抽出！

他大驚縮手！這隻手一抽出，易竹君那第三隻乳房也隨手拉了出來！

沒有血，沒有肉，也根本就不是一隻乳房！是蛾——吸血蛾！

一群吸血蛾團伏成那一隻乳房，崔北海的手一摸上去，那群吸血蛾尖針一樣的吸管就刺在他的手指之下，吸住他的血！

崔北海這刹那的恐懼已不是任何言語文字所能夠形容！

他驚叫！那簡直不像是人所發出來的叫聲！

恐怖的叫聲震撼整個房間，他的人就像是負傷的豺狼，從床上倒翻了出去，撞在一扇窗戶上！

砰的窗戶碎裂，人破窗飛出了院外！

崔北海著地一連兩個翻滾，才跳起身子，一雙眼瞪大，死瞪著自己的手！

那隻手之上卻已沒有吸血蛾叮在上面，一隻都沒有，也沒有血，卻彷彿多了幾十個針孔，血紅的針孔！

崔北海整張臉的肌肉都痙攣起來，他再望破窗那邊。

破窗那邊也沒有吸血蛾，卻有一張人面。

易竹君正站在破窗之內，正望著他。

暗淡蒼白的月色，正照在易竹君的面上。

她的面色也因此顯得蒼白，只是蒼白，並不青綠，眼睛既沒有變成篩孔蜂巢，亦沒有變成血紅。

她完全是原來那個樣子，一些也不恐怖。

月色下，只覺她清麗脫俗，就像是天仙化人。

那種美，已不像人間所有，美得淒涼，美得令人心醉。

她驚訝的望著崔北海，走的更近窗，探頭出窗外，蒼白的月色遍照她的面。

那張面孔是更蒼白，蒼白得全無血色，就連她的嘴唇也顯得蒼白起來。

望著這樣的一張面，崔北海不由想起了方才那一手摸上去之時，摸到的是凝脂也似清涼，全無血溫的肌膚。

方才那對於他來說是一種刺激，現在想起來，他卻只覺恐怖。

那簡直就像是血液盡失的肌肉，血液哪裏去了？

是不是那一群吸血蛾方才團伏於她乳溝中就是在吸她的血液？

她的血液已大半給那一群吸血蛾吸去？

是不是吸血蛾這一次選擇的對象其實就是她？

要不是，那一群吸血蛾爲什麼團伏於她的乳溝中？

崔北海一腦子的疑惑，眼定定的盯著易竹君。

易竹君亦是一面的疑惑，忽問道：「你在幹什麼？」

幽幽的聲音，也像是來自天外。

夜深的天外清冷如水，她的語氣無疑水一樣輕柔，卻也水一樣清冷。

她的身上那一襲白綾寢衣，月照下迷迷濛濛，真似是煙霧，但更像寒冰上散發出來的冷氣。

崔北海彷彿已被這冷氣封住了咽喉，他沒有作聲。

易竹君忍不住又問道：「方才到底發生了什麼事情？」

崔北海啞聲應道：「蛾——」

一個蛾字出口，他就已打了好幾個冷顫。

他顫抖著接道：「一群吸血蛾團伏你的胸膛之上，在吸你的血……」

這彷彿從咽喉中發出來的聲音，靜夜中聽來仍然清楚。

他說得非常真實，絕不像說謊。

易竹君立時大驚失色，自然的拉開領子，檢查自己的胸膛。

淒冷的月色照射下，她的胸膛晶瑩如白玉，崔北海眼都直了。

他何曾在月光下看過易竹君的胸膛。

這剎那之間，他幾乎完全忘記了心中的恐懼。

易竹君面上的驚慌之色也很快消失，換過來卻又是一面詫異，她似乎並無發現。

一聲嘆息，她輕輕的將胸前的衣襟掩上。

也就在這下，崔北海颼地一個箭步飄回，縱身越過欄干，身形偷偷落下，就已握住了易竹君按在窗緣上的一隻手。

易竹君下意識縮手，她的手當然無法擺脫崔北海的掌握。

崔北海那隻手卻沒有多大用力，握的她並不痛，所以她一縮不脫，就放棄了掙扎。

她的手與方才已有些不同，雖然一樣凝脂般滑不溜手，已有了溫暖。

崔北海不由一呆，另一隻手連隨分開，易竹君偷掩上的衣襟。

他的目光也跟著落在易竹君的胸膛之上。

相距這麼近，他看得當然更清楚。

易竹君的胸膛光潔晶瑩，乳溝中亦無瑕疵，並沒有紅色的針口，甚至蛾粉都沒有。

沒有針口並不奇怪，因爲那一群吸血蛾還沒有刺破她的肌膚，吮吸她的鮮血，可是那麼多的吸血蛾集結在一起，即使動也不動，在牠們爬入的時候，少不免亦會與衣衫摩挲，多少也應該有一些蛾粉遺下。

他並沒有忘記那一次，杜笑天將一隻吸血蛾，抓在手中的時候，撲了一手的蛾粉。

現在易竹君的胸膛之上卻連丁點蛾粉也找不到，怎會有這種事情？

那些吸血蛾到底又怎樣進入易竹君的衣襟？

牠們到底在易竹君的乳溝內幹什麼？

崔北海一面想，一面再三檢查易竹君的衣襟。沒有就是沒有。

他苦笑，面上卻沒有多少詫異之色。

這幾天以來，沒有可能發生的事情實在已發生的太多。他已詫異的太多。

這種詫異的心情雖未麻木，已開始麻木。

他盯著易竹君，眼睛中突然又有了恐懼，這瞬間，他想起了很多事。

——先後三次與她在一起，我看見吸血蛾，她卻沒看見，雖然表示詫異，並不顯得驚慌，事後更完全不問，就像什麼都已知道。

——三月初三那天的晚上，吸血蛾消失之後，她的眼睛就變成血紅，就變成千百個蜂巢篩孔結合在一起一樣，面龐同時亦變得青綠，還吐出尺多長的一條，血紅色尖針般的舌頭！

——方才一群吸血蛾進入她的衣襟之內，團伏在她的乳溝之中，那本是女人一個相當敏感的地方，她竟然全無感覺，這簡直是沒有可能的事情。

──那群吸血蛾在她的乳溝之中團伏，既沒有蛾粉留下，也沒有吸她的血，可是到我的手摸上去，牠便狂刺我的手，狂吸我的血，形如她的守護神，不讓人侵犯她的肉體，莫非……

──莫非她就是一個蛾精，是一隻吸血蛾的化身！

一想到這，崔北海的面龐就青了。

他不覺將手鬆開，往後一縮，靠住了廊上的一條柱子。

雖然沒有倒下去，他那個身子看來已癱軟了一半。

古老相傳，天地萬物，吸收日月精華，日久通靈，就會變成精怪，隨意化作人形。

妖精化人的傳說也實在已不少。

有關這種傳說自然又以狐狸精最多，其他的飛禽走獸，甚至花草樹木也少不了一份。連花草樹木都可以成精化人，蛾又怎會不可以？

四　群蛾再現

三月初七，東園滿院花飛。煙也飛。

其實那並不是煙，是雨。

如絲的春雨，煙霧般，籠罩著整個院子，崔北海人在院中。

在他的眉宇之間，猶帶著昨夜的恐懼，心頭卻已沒有昨夜那麼沉重，因爲他已秘密寫好了一封信，已秘密著崔義飛馬送去給常護花。

一封求救的書信，簡單的說出了他現在處境，說出他需要常護花的保護。

他不寫信給別人，只寫信給常護花。

這非獨因爲常護花的武功高強，還因爲常護花雖是一個賊，卻是一個賊中的君子，一個正義的劍客。

即使真的有妖魔鬼怪，相信也不敢來侵犯一個正義的劍客。

他只希望常護花能夠及時趕到，卻並不擔心常護花不肯來。

他並沒有忘記，他們已不是朋友，卻也沒有忘記他們還是朋友之時，他曾救過常護花一命。

常護花絕不是一個忘恩負義的人，這一點他比誰都清楚。

常護花絕不會忘恩負義，他又何嘗願意挾恩求報？

只是他整個人都已將崩潰，也實在想不出第二個可以求助的人。

春雨綿綿不休，風再吹過，滿院又飛花。落花如雨如霧。

一地落花。杏花。杏花落盡的時候，春也將盡了。

崔北海看著這漫天落花，不禁有了傷春之意。

他不覺抬手接下了一朵杏花。淡白的花瓣上赫然有血紅的雨點。

崔北海方自一怔，中指的指尖之上就傳來針刺一樣的一下刺痛。

血紅的雨點之間，這刹那突然多出一隻血紅的尖刺，淡白的花瓣也變爲碧綠！

吸血蛾！

一隻吸血蛾靜伏在那朵杏花之上，崔北海一將花接住，那隻吸血蛾的刺就從口中吐出，刺入了他的中指！

崔北海大驚，那隻手連忙用力摔出，摔掉接在手中的那朵落花。

花還未飛落地上，那隻吸血蛾已從花瓣之上飛了起來。一飛無蹤。

崔北海這才鬆過口氣。他這口氣未免鬆得太早。

風仍在吹，花仍在落，落花之上刹那都多出了血紅的雨點。

每一朵落花之上赫然都伏著一隻吸血蛾！

多少朵花？多少隻吸血蛾？

崔北海一眼瞥見，鬆開的一顆心立時又收縮，一個身子連隨暴退！

一退半丈，七星絕命劍已在手，嗡一聲半空中抖的筆直！

那些吸血蛾即時飛離落花，吐出了尖針般的吸刺，飛湧襲向崔北海！

青白的落花，碧綠的蛾翅，血紅的眼舌，煙雨中組成了一副奇異之極的圖畫！

崔北海哪裏還有心情欣賞，一聲恐喝，七星絕命劍展開了漫天劍雨！

哧哧哧的一連串暴響，煙雨被劍雨擊碎，落花亦被劍雨擊成了碎片！

只是煙雨，只是落花，數十隻吸血蛾一隻隻都似在劍雨中粉碎，卻又全都不知所蹤。

那刹那之間，數十隻吸血蛾就像是被劍雨絞成了煙霧，散入煙雨之中。

崔北海卻知道絕不是。

他知道自己還沒有這種本領，也知道那刹那之間那數十隻吸血蛾又已魔鬼般消失。

好像這樣的敵人，他實在束手無策。

他橫劍當胸，木立在那裏，面上的肌肉不住抽搐，眼中雖無淚，卻已有一種想哭的衝動。

信送出，最快都要六日才可以送到萬花莊那裏，常護花即使一接信就起程，也得在三月十八頭上方能夠來到聚寶齋。

吸血蛾卻明顯的日趨猖獗！

到了蛾王出現的時候，群蛾就蜂湧撲擊，將牠們的吸刺刺入牠們吸血的對象的身子，吸乾那個人體內的血液。

蛾王的出現據講都是在月圓之夜。月圓之夜也就是十五之夜。

這傳說如果是事實，常護花趕到的時候已遲了三天，吸血蛾若真的要吸他的血，他已變成一具死屍、乾屍！

三月初八，吸血蛾在夜裏出現。

一大群吸血蛾，數目比昨日又多出了一倍，圍繞著燈光飛舞。

崔北海沒有理會，那群吸血蛾，飛舞一盞茶時間終於消失，幻影般消失，魔鬼般消失。

三月初九，崔北海晚上從外面回來，一面不悅之色。

今日他先後曾將吸血蛾的事告訴了十一個朋友。

他這十一個朋友之中，有鏢師、有商人，甚至有江湖郎中。

這地方的府尹高天祿，總捕頭楊迅，也是他傾訴的對象。

這些人大都足跡遍天下，見聞多廣，崔北海告訴他們，就是希望他們之中能夠有一個人提供他一個抵抗，甚至消滅吸血蛾的辦法。

結果他完全失望，他甚至有些後悔。

這些人根本就不相信他的說話，當他在說笑，只有兩個人例外。

這兩個人都是以爲他的腦袋有毛病，崔北海沒有辯護，他只是苦笑。

因爲他早就預料可能有這個結果。

吸血蛾的事如果不是發生在他的身上，他也一樣不會相信。他直入書齋。

經過初六那天的事情，他已不敢再跟易竹君睡在一起。

過去的兩天，他都是睡在書齋之內。

今夜天上也有月。

崔北海獨立窗前，溶著澄清的月色，內心亦起了淒涼的感覺。

他忽然感覺自己完全孤立。

「霎霎」的聲音忽然從他後面傳來。

這種聲音在他來說已並不陌生。

每一次吸血蛾的出現，他都聽到這種「霎霎」的聲音。

這正是吸血蛾振翅時，所發出來的聲響，他霍地回頭。

入眼是一片黑暗，他進來之時滿懷心事，忘記了將燈燃起。

這一片黑暗之中，突然閃起了無數團慘綠色，鬼火一樣的光芒。

每一團慘綠的光芒之中都有赤紅的雨點，雖然細小，卻又特別閃亮的血光！

慘綠血紅的光芒霎霎聲中飛閃，就像是無數對魔眼在黑暗之中窺望！

——吸血蛾！

崔北海心中悲嘶，咽喉卻似被什麼噎住，並沒有聲音發出。

他突然轉身衝入黑暗之中！

書齋內的一切他瞭如指掌。

這一衝正好衝到書案之前，他清楚記得書案之上放著一盞燈。

燈仍在書案之上。

崔北海左手一揮，「叭」的將燈罩擊飛，右手旋即幌著了火熠子，燃起燈火！

昏黃的燈光剎那驅散黑暗。

慘綠血紅的光芒亦在這剎那之間完全幻滅，「霎霎」的聲響同時消失。

書齋中沒有吸血蛾。

慘綠血紅的光芒幻滅之時，吸血蛾亦已幻滅！崔北海掌燈在手，詛咒在心中。

三月初十，更深人靜，月明風清。

崔北海靜臥在書齋中，人已疲倦的要命，卻仍然沒有入睡。

他雙眼勉強睜大，瞪著書齋正中的七團拳大的光芒——是火光。

七條燈蕊揉成的粗大火蕊正在燃燒。

火蕊的下半截全浸在一個盛滿了燈油的大銅缽之內，那個大銅缽，則放在一張几子之上，几子卻放在老大的一個浮盤之中。

浮盤裏載滿清水，整張几子都浸在水裏，銅鉢也有一半被水浸著。

七條粗大的火蕊同時燃燒已經明亮非常，再與水輝映，整個書齋就如同白晝。

崔北海想了整整一天，終於想出了這個陷阱。

一般的蛾，大都是見火即撲，所以蛾撲到燈上，就只是圍繞著燈罩飛舞，若是將燈罩取去，必然就撲入火中。

燈蛾撲火，九死一生，燈下再加一盆水，更就是必死無疑。

灼傷了翅再給水浸濕，根本就難以高飛。

崔北海只希望吸血蛾撲火的習性與一般的蛾並無不同的地方。

他更希望火能將魔法燒燬，水能將魔法淹滅，吸血蛾撲入火中，掉進水裏後，就不能再幻滅消失。

只要有一隻吸血蛾的屍體在手，那些完全不相信的朋友多少都應該有所懷疑。

只要他們動疑自然就會插手追查下去，與他一同設法對付那些吸血蛾。

那最低限度他也不會像現在這麼孤獨。

他現在不睡，勉強的支持下去，就是在等候那些吸血蛾的出現，自投羅網。

二更——更鼓聲天外傳來，竟已是二更。

崔北海數著更鼓，輕輕的閉上眼睛，一顆心卻已開始焦灼。

以他過去幾天的經驗，吸血蛾如果在夜裏出現，這個時候應已出現的了。

現在卻仍未出現。

——莫非那些吸血蛾真的通靈，知道了這裏布下陷阱？

這念頭方起，崔北海就聽到了那種「霎霎」的聲音。

每當吸血蛾出現，他就會聽到那種聲音。

那種聲音也就是吸血蛾振翅的聲音。

——來了？

崔北海精神大振，霍地一睜眼！

這一睜，他突然發覺眼皮上如墮重鉛，睜都睜不起。

他只是閉目養神，並不是閉目睡覺，前後也不覺片刻，怎會變成這樣子？

他連隨舉手抹向眼蓋，誰知道他儘管想舉手，那隻手竟然舉不起來。

這片刻之間，他混身的氣力竟然已完全消失。

崔北海這一驚實在非同小可。

——到底發生了什麼事情？

他叫在心中，連說話的氣力都沒有，卻還有感覺，也聽的非常清楚。

「霎霎」的聲音已越來越響亮。

吸血蛾顯然已在書齋之中飛舞。

崔北海心中越發焦急，也正想掙扎起身，突然感覺到一種強烈已極，無法抗拒的睡意猛襲上心頭。

心神一陣模糊，連感覺都消失。

也不知過了多久，崔北海又突然恢復了知覺。

一恢復知覺他就聽到一種聲音，非常奇怪的聲音，就像是有什麼東西在尖叫，在哀呼。

他很想看看自己現在在什麼地方，已變成怎樣。

因爲他實在擔心在昏迷的那一段時間之內，吸血蛾已將他搬出書齋，已將他的血吸乾。

對於昏迷之前所發生的事情他卻仍有記憶，他也很擔心自己能否將眼睜開，能否移動身子。

他試試睜眼，一睜就睜開，一睜開便又閉上。

方醒的眼睛實在難以忍受強烈的火光刺激。

那睜眼之間，他卻朦朦的看見自己仍然在書齋之內，他最少已放下了一半心。

人猶在書齋之內，人猶有感覺，那即使吸血蛾已吸血，還沒有將他的血吸乾，他還可以活下去。

他輕眨著眼再睜眼望去。這一次好得多了。

到了他的眼睛完全習慣，面容就變得奇怪非常。

他看見了一件非常奇怪的事情。

銅鉢上那七條粗大的火蕊已有兩條掉進水裏熄滅，還有五條在燃燒。

五條火蕊的亮光仍然可以將書齋照耀得光亮。

火光下卻已不見水光，觸目一片晶瑩的碧綠，浮盤的水面之上就像是浮著一片碧玉。

碧玉之上卻閃著一點點的光芒，血紅的光芒！

那一片碧玉不是整整的大片，是無數小片結合在一起，結合的並不整齊，亦並不緊密。

血紅的光芒不住的在閃動，那些小片也竟然不住的在掀動，就像是一片的魚鱗。

崔北海知道那絕不是魚鱗，他已看的很清楚，那是無數隻晶瑩如碧玉的吸血蛾漂浮在盆中，血紅的光芒就是蛾眼。

他設下的陷阱已收效！那些吸血蛾果然亦是見火即撲！

七條粗大的火蕊被牠們撲滅了兩條，牠們卻似乎全部都被火灼傷了翅，跌入浮盤的水中。

奇怪的卻並不是吸血蛾鋪滿了水面這件事情。

崔北海奇怪的目光並不是落在那片浮滿了吸血蛾的水面之上，他是盯著飛舞在浮盤上的一隻吸血蛾。

一樣是吸血蛾，那隻吸血蛾比其他的吸血蛾顏色美麗，體型最少大三四倍，每一邊翅幾乎都有手掌那麼寬闊，一展翅，「霎霎」的聲響如扇急搧，五條火蕊的火焰在牠的雙翅搧動下，火蛇般亂竄。

牠並沒有撲火，只是在浮盤之上急起急落。

每一個起落，就有一隻吸血蛾給牠從水中抓起來，掉落在浮盆旁邊的地上。

牠竟是在搶救給火灼傷，掉進水中的吸血蛾！

浮盤附近的地上已被弄濕，二三十隻負傷的吸血蛾正在那撲翅掙扎。

那麼奇怪的尖叫，哀呼聲音，赫然是從浮盤的水面漂浮著的與附近的地上掙扎著的那些吸血蛾之中發出來。

恢復了知覺，耳朵就更加靈敏，那種聲音，越聽的清楚，崔北海心頭便越寒。

他死盯著那隻奇大的吸血蛾。

那隻吸血蛾的搶救工作顯然已進行了不少時候，牠的出現卻一定是在群蛾出現之後，否則牠既然沒有撲火，又懂得搶救灼傷墮水的吸血蛾，在群蛾撲火時，牠應會阻止。

牠忙著搶救群蛾似乎並不知道崔北海已經醒轉，在死盯著牠，在準備對牠採取行動。

崔北海的確已在準備採取行動，他的手一緊，便已緊握住劍柄！

他那隻七星絕命劍本來就放在他的身旁，劍柄本來就擱在他的手心之上。

陷阱布置好之時，那支七星絕命劍他亦已放在這個最適當位置。

他早已準備隨時出擊。

一握緊劍柄，他就發覺渾身的氣力並未散失。

他卻沒有發覺渾身上下有任何疼痛的地方。

那片刻的昏迷莫非真的只是因爲他實在太過疲倦，根本不能抗拒突來的那份睡意的侵襲？

崔北海沒有再想這件事，現在他一心只想如何格殺那隻奇大的吸血蛾。

看樣子，那隻奇大的吸血蛾即使不是蛾王，也必是群蛾之首。

只要將這隻群蛾之首除去，群蛾不難就大亂，何況除去了這隻群蛾之首，浮盆的水中及浮盆附近地上的那些傷蛾就必死無疑。

沒有了領首，再加上傷亡慘重，蛾王即使要報復，即使還是以他來做吸血的對象，不免要對他重新估計，要重新部署一切。

那一來，蛾王可能就延期出現，群蛾再來的時候，常護花相信也已到了。

是以他如果要保命，似乎就得先行殺掉眼前這群蛾之首，非殺不可！

一劍緊握，崔北海就殺機大動！殺機一起，殺氣便生！

崔北海的整個身子剎那彷彿裹在一團淡薄迷濛的煙霧之中。

明亮的燈光，立時也彷彿變的迷濛。

那隻奇大的吸血蛾也好像感覺到這殺氣的存在，牠突然停下了動作，一偏翅，回身向崔北海！

這一回身，崔北海看的更加清楚——好大的一隻吸血蛾！

崔北海心裏一聲驚嘆，那隻吸血蛾也實在夠大，蛾首的一雙複眼幾乎有人眼那麼大小。

這雙複眼比其他的吸血蛾更紅，紅得就像是鮮血在火焰中燃燒，瑰麗而奪目！

說不出的恐怖，說不出的迷人！

崔北海的目光一與這雙複眼接觸，亦不禁感覺恐怖。

這份恐怖的感覺卻很快就被另一種感覺取代。

是一種說不出的感覺，就連崔北海也不知道到底是一種怎樣的感覺。

他只覺得自己的魂魄似乎正在離開自己的軀殼，神智已逐漸昏沉。

他的劍本已準備出手，可是這下子，他的手不覺已自鬆開。

劍已舉起了半尺，他的手一鬆劍鋒就落下，落在他的小腿上。

是劍脊，並不是劍鋒，他的小腿沒有傷在這一劍之下，森冷的劍氣已如冰針刺入他的小腿，刺入他小腿骨髓的神經。

他打了一個寒噤，猛然清醒過來！──是那雙眼在作怪！

他立時驚覺那是什麼回事。

──牠非獨會吸血，還會吸走我的魂魄，我一定要堅定自己的意志，絕對不能夠再給牠那雙眼迷惑。

他這樣告訴自己，雙眼雖然又與那隻吸血蛾的一雙複眼對望，意志卻已如鐵石般堅定，神經亦已如鋼絲般堅韌！

練劍的人大都會同時練心，他並不例外。

劍已又緊握在手中，他的目光剎那亦變得劍一樣銳利！

那隻奇大的吸血蛾彷彿亦覺察崔北海已經清醒，自己的眼睛已經不能再對崔北海發生作用，血光閃亮的那一雙複眼忽變的黯淡。

牠突然振翅，「霎」一下，疾轉向窗口那邊。

莫非牠亦已知道危險，準備飛走了？

也就在這刹那，崔北海人已從窗上飛起！

「嗡」一聲，七星絕命劍抖的筆直，人劍合一化成一道飛虹，飛擊那吸血蛾！

劍鋒未到，凌厲的劍氣已激蕩，嗤嗤的兩條火蕊在劍風中熄滅！

整個書齋一暗，一聲與人一樣的驚呼突然響起！絕不是崔北海的聲音。

聲音尖而嬌，竟然是女人的聲音！哪來的女人？

書齋中就只有崔北海一個人，男人。

這女人的聲音竟就是從那隻奇大的吸血蛾的口中發出來！

崔北海一驚一怔，劍仍然刺出！這一劍刺出，本就是有去無回之勢！

驚呼聲一起，那隻奇大的吸血蛾就魔鬼般通透，魔鬼般向窗口飛逝，魔鬼般消失！

崔北海一劍刺在虛無之中！他的人卻落在浮盤的邊緣之上！

火光照亮了他的人也照亮了他的劍！

劍尖上赫然閃著血光！崔北海將劍移近眼前細看。

的確是血，豆大的一點鮮紅的鮮血正染點劍尖！

崔北海以指蘸血！血竟仍有微溫！哪來的鮮血？

劍雖然刺入虛無之中，卻也是那隻吸血蛾還未消失之前所在之處！

這一劍莫非已刺中那隻吸血蛾？

這點血莫非就是那隻吸血蛾的血液？

蛾血怎會是紅色？蛾血又怎會溫暖？

莫非那隻吸血蛾真的是一隻蛾精？一隻蛾妖？

那要是事實，必然是一隻女妖精！

方才牠發出的那一聲豈非就是女人的聲音？

崔北海站在浮盤的邊緣上，瞪著手指上的血，一面的驚恐之色。

指上的血已冷，崔北海體內的血亦開始發冷！

他無意低頭望一眼，心更寒，血更冷，冷得已像要冰結。

一盤的傷蛾，碧玉般鋪滿了水面，魚鱗般起伏，正在垂死掙扎。

那種呻吟一樣的奇怪聲響已更強烈。

觸目驚心，入耳同樣恐怖。崔北海幾乎已懷疑自己是否置身地獄之內。

他的目光一轉，忽落在窗前的地上，又是一滴血！

崔北海深深的吸了一口氣，身形又飛起，穿窗而出！

窗外有風，天上有月，月明風裊。

崔北海越窗落地之時，月卻正隱入雲中。

庭院隨而變的陰沉起來，溫暖的春風也彷彿的森冷。

近窗的地上因為照著書齋內透出的亮光，仍可以看得清楚。

地上也有一滴血，崔北海那一劍刺的倒不輕。

那隻蛾妖精雖然魔鬼般隱沒，在牠的傷口滴下來的血液卻暴露了牠的行蹤。

追著地上的血漬也許就能夠找到牠藏身的地方。

崔北海卻已不能望的更遠。月已完全隱入了雲中，庭院由陰沉轉成黑暗。他突然回身躍入房中，房中有燈火，他準備取過燈火才追下去。

身形一落下，他整個人就怔在那裏。

浴盤仍然在盆中，銅鉢上的火蕊也仍然在燃燒，盤附近地上那些傷蛾卻已一隻都不見。

盤內鋪滿了水面的吸血蛾亦已完全消失。

牠們已負傷，不能再展翅飛翔，怎能夠離開？

崔北海一個箭步竄到木盤旁邊，瞪大了眼睛，往盤望去！

火蕊雖然熄滅了四條，還有三條在燃燒，仍照的光亮，他看的非常清楚。

一隻蛾的確也沒有，一盤的清水卻變成了血水！

那些吸血蛾莫非就是化成血水？崔北海一劍探入血水之中。

劍還未進入血水之中，那一盤血水已完全幻滅。幻滅的只是血，不是水。

盤中仍載滿了水，清水。崔北海那一劍哪裏還探得下去。

他突然回顧窗前那邊，那邊的地上本來有一滴鮮血，可是現在彷彿滲入地下，已完全消失。

他驚顧自己的手，他曾以手指蘸血，還感覺得到那點血的微溫，可是他那隻手指之上，現在哪裏還有血？這難道是幻覺？這難道是魔血？

崔北海不知道。這種事連他都難以相信，卻又不能不相信。

五 心病心藥

連他都難以相信的事情，說出來又有誰會相信？

他苦笑，也只有苦笑。

三月十一日。晨。東風又吹，落花如雨。

崔北海沒有站立在落花中。他站立在迴廊上。

落花也有被東風吹入廊中，他卻再沒有去接。

他怕落花上又伏著吸血蛾，當他接在手中時，又刺他的手，吸他的血。

他是在望著那些落花，心中卻全無傷春之意。

甚麼感覺都沒有。他的目光呆滯，心也已有些麻木。

恐懼、失眠，一連十天在這種情形之下，他還能夠支持得住，沒有變成瘋子，已經是很難得的了。

他也沒有發覺易竹君的到來。

易竹君同樣也意料不到這個時候竟會在這條迴廊碰上崔北海，這條迴廊已遠離書齋。

這條迴廊曲曲折折，崔北海不是站立在當中，也沒有發出任何聲響。

她發覺崔北海時，已經來不及閃避的了。

一瞥見崔北海，她的面上就露出驚懼之色，那身子一縮，竟真的企圖閃避。

只可惜崔北海雖然沒有看見她，走的那麼近，她的腳步聲已夠響亮，已足以將崔北海驚醒。

崔北海緩緩回頭，呆滯的目光落在易竹君的身上，突然一凝，瞳孔同時暴縮。

「蛾……」

崔北海一個蛾字出口，話聲便中斷！

易竹君今天是穿了一襲翠綠的衣裳，翠綠如碧玉，就像吸血蛾的蛾身，蛾翅那種顏色。

崔北海就像是驚弓之鳥，看見這種顏色，不期就想起吸血蛾。

他的手旋即握在劍上。

幸好他總算看清楚那是一個人，是他的妻子。

跟著出口的說話立即嚥回，卻沒其他任何話說，他只是怔怔的望著易竹君。

易竹君無話說，面上的驚懼之色卻更濃，就像是遇上了一個瘋子。

一個人遇上了一個瘋子，那個瘋子又是目露殺機，手握利劍，當然最好就是趕快開口。

易竹君沒有開口，也不能開口。因爲她是這個瘋子的妻子。

兩個人就一如兩具沒有生命的木偶，既沒有說話，也沒有任何動作。

這哪裏還像一對夫婦？莫說是夫婦，連陌生人都不如。

兩個陌生人清晨相遇，有時也會打一個招呼，更不會遠遠看見，就企圖迴避。

崔北海不覺心中一陣悲哀。

終於還是他首先開口，道：「這麼早你去哪兒？」

易竹君囁囁道：「到荷塘那邊去散散心。」

崔北海道：「是爲什麼？竟這樣煩惱？」

易竹君沒有作聲。

崔北海也不追問，嘆了一口氣，道：「那邊的杏花已快飛盡，要看的確就得趁現在這個時候，去走走也好。」

他雖然說好，腳下並沒有移動半分，目光也沒有回轉，仍是望著易竹君。

他似乎完全沒有意思陪同易竹君到荷塘那邊。

易竹君仍不作聲，也沒有舉步。

崔北海又嘆了一口氣，道：「你還等什麼？」

易竹君輕聲問道：「你不去？」

崔北海反問：「你希望我去？」

易竹君又不作聲，彷彿不知道該怎樣回答。

崔北海悽然一笑，道：「我也想陪你去走一趟，只可惜我還有事等著要辦，去不得，還是你自己去好了。」

他笑得這麼淒涼，眼中也充滿了悲哀。他真的去不得？真的有事等著要辦？

易竹君沒有問，垂下頭，默默的舉起腳步。

崔北海亦是默默的瞪著眼，看著她從自己的身旁走過。

走出了半丈，易竹君的腳步便開始加快。

崔北海即時一聲：「竹君！」

這一聲叫得非常突然，語氣亦非常奇怪。

易竹君給他這一聲叫住了。

剛開始加快的腳步應聲停下，卻沒有回頭。

崔北海一聲「竹君」出口，連隨放步追上去。

是不是他突然改變了主意，要陪易竹君到荷塘那邊散散心？

易竹君等著他追上來，臉上並沒有絲毫歡愉之色，也沒有回頭。

崔北海一直走到易竹君的身旁，才停下腳步。

易竹君終於忍不住回頭，低聲問道：「什麼事？」

崔北海沒有應聲，一雙眼睜的老大，盯著易竹君的左手。

易竹君的雙手都深藏在衣袖之內，他盯著的其實也就是衣袖。

翠綠如碧玉的衣袖之上赫然有一片觸目的紅色，紅得就像是鮮血。

易竹君那瞬間亦發覺崔北海在盯著什麼，下意識一縮左手，崔北海比她更快，已將她這隻左手握住。

易竹君似乎被他握著痛處，一皺眉，面上露出了痛苦之色。

崔北海沒有看見，他的目光仍在那衣袖之上，忽問道：「你的左手怎樣了？」

易竹君混身一震，囁嚅著道：「沒有事。」

崔北海冷冷的道：「沒有事又怎會有血流出來，衣袖都染紅？」

「那莫非不是你自己的手臂流出來的血？」

他再問這一句，卻不由分說，自行將易竹君左手的衣袖拉起。

易竹君的手臂晶瑩如玉，小臂上赫然纏著一條白布。

白布的一邊已變成了紅色，已被血濕透。

崔北海面色一寒，道：「這是什麼回事，怎麼會流這麼多的血？」

易竹君吞吞吐吐的道：「我方才裁衣，一下不小心，給剪刀傷了手臂。」

裁衣？剪刀？她那把剪刀到底怎樣拿的？

怎會將手臂傷得這麼厲害？

崔北海心意一動，道：「給我看看你到底傷成怎樣？」

也不等易竹君表示意見，他就將那條白布解開來。

果然傷得很厲害。小臂上五六寸長，深看來也有兩三分的一道血口，血猶在滲出。

這怎會是剪刀弄出來的傷？

崔北海細看一眼，當場就變了面色。——是劍傷！

他心中大叫，一個字卻都說不出來。

他深信自己的判斷絕對沒有錯誤。應該沒有錯誤。

要知他到底也是一個用劍的高手，是否劍傷也應該可以分辨得出。

——她爲什麼要騙我？

崔北海的目光不覺移到易竹君面上。

易竹君一面驚懼之色。她驚懼什麼？

崔北海怔怔盯著恐懼的易竹君，心中的恐懼絕不在易竹君之下。

——她不懂武功，也沒有理由無端用劍，怎會是自己用劍刺傷自己？

——不是她，又是誰？

——在這個地方，誰敢用劍傷害她？

——只有我！

——莫非昨夜出現於書齋的那隻奇大的吸血蛾就是她的化身？

——莫非昨夜我那一劍就是刺在她的手臂之上，劍上的血，地上的血，就是她的血？

——那些血又怎會一下子消失？莫非她變成吸血蛾時，體內的血亦變成妖血？

——這要是事實，她豈非真的是一隻吸血妖？一隻蛾精！崔北海越想越驚。

——那麼說，我若保存自己的性命，豈非將她殺死？

——她到底是我妻子，叫我怎能如此忍心？

崔北海眼旁的肌肉不住的顫動，他看看自己的手，又看看易竹君的手，終於將自己的手鬆開了，隨即嘆了一口氣，道：「只是用布包著是沒有用的，燒飯的老婆子懂得刀傷，你找她看看，敷些藥，否則傷口發爛就糟了。」

易竹君點點頭，脫口道：「我已要去找她。」

崔北海淡笑問道：「你方才不是說要到荷塘散散心？」

易竹君一怔，垂下頭。

崔北海卻接道：「散心是小事，還是自己的身子要緊，不過那還不嚴重，劉婆子大概可以應付得來的。」

易竹君道：「嗯。」

崔北海揮揮手道：「那還不快去？」

易竹君倒是一個很服從的妻子，立即就退開。

目送她遠去，崔北海眼中的悲哀之色更濃。

娶著一個蛾精的化身，一個要吸自己的血的妻子，娶著一個欺騙自己，不忠的妻子，這件事都同樣可悲，若全都是事實，就更可悲的了。

又一陣東風，又一陣落花，崔北海嘆息在落花中。

花落明年還會重開，破裂的感情，卻往往終生難以彌補。

三月十二日，風雨故人來。

來的這個人卻與崔北海非親非故。

這個人是易竹君的表哥。

表哥這個稱呼據講未必只代表表哥。還代表情人。

很多女人據講都喜歡將自己的情人叫做大哥，因爲這非獨解決了稱呼上的問題，而且出入也方便得多，不會太惹人說話。

易竹君這個表哥當然未必就是那種表哥。

這個表哥叫做郭璞，表面上看來似乎比易竹君還要年輕。

他不只年輕，還英俊。

好像他這樣的年輕，豈非就是年輕的女孩子心目中的對象？

崔北海越看這個郭璞就越不順眼。

他忙了一個上午，將店務打點妥當，折回書齋內，方想好好的休息一下，易竹君就帶著她這個郭璞表哥來了。

他們竟然就是兩個人先來書齋，總算他們還是有所先後。

易竹君走在前面，一個頭卻不時回望，郭璞跟在後面，一雙眼似乎並沒有離開過易竹君窈窕的身子。

崔北海看見就有氣！他居然忍得住氣，沒有發出來。

他還笑，笑著第一個打了個招呼，道：「這位小兄弟是哪一位？」

易竹君連忙介紹道：「這位是我的表哥。」

崔北海「哦」了一聲，道：「原來是你的表哥，叫什麼名字？」

易竹君道：「郭璞。」

崔北海沉吟道：「我好像聽過這個名字。」

易竹君道：「其實你也應該見過他的了。」

崔北海緩緩道：「是不是在你養母那裏？」

易竹君點點頭。

崔北海道：「怪不得總覺似曾相識，坐！」

他擺手請坐，表面上倒是客氣的很。

郭璞真有受寵若驚，趕緊在一旁椅子坐下來。

崔北海冷冷的看著他坐下，他口頭說的客氣，心裏其實只想一腳將這個表哥踢出門外。

他雖然窩心，還是將之留下來，因爲他很想知道易竹君爲什麼將這個表哥帶到自己面前？

他若無其事的對郭璞道：「我已有三年沒有到易大媽那裏，所以就算見過面，最少也是三年之前的事情，現在認不得也怪不得。」

郭璞道：「豈敢豈敢。」

崔北海隨即轉入話題，道：「只不知這次光臨有何貴幹？」

郭璞還未開口，易竹君已搶先替他回答：「我這個表哥本是名醫之後，自小就飽讀醫書，精通脈理，這兩年在城南懸壺，也醫活過不少人命。」

崔北海道：「哦？」

易竹君接道：「我看你這幾天心神恍惚，舉止失常，又盡在說些奇怪的話，所以找他來給你看看。」原來是這個原因。

聽易竹君這樣說話，竟似全不知情，竟當崔北海的腦袋有毛病，在發瘋。

——難道她並不是一隻吸血蛾的化身？並不是一個蛾精？

——難道這幾天真的沒有看見那些吸血蛾？

——難道她真的這樣關心我？

崔北海心中冷漠，面上也浮起了一抹奇怪的笑容，既像是冷笑，又像是苦笑。

他笑道：「我心情雖然恍惚，舉止並沒有失常，說話也並不奇怪，根本就完全沒有毛病，無須找大夫診治。」

易竹君輕嘆道：「諱疾忌醫，並不是一件好事。」

崔北海漫應道：「硬要說有病，我也只有一種病！」

易竹君不由得追問道：「什麼病？」

崔北海道：「心病。」

易竹君一怔，道：「心病？」

崔北海道：「就是心病。」

他霍地轉顧郭璞，道：「你可知心病如何方能痊癒？」

郭璞一怔。

他正想回答，崔北海已自說道：「別的病也許一定要找大夫才有辦法，心病卻是不必的。」

郭璞點點頭，方待說什麼，崔北海的說話又接上：「醫治這種病其實也就只有一種辦法。」

他的目光忽變得迷濛，輕嘆道：「心病還須心藥醫，要醫治心病，也就只有用心藥。」

他再聲輕嘆，道：「心藥卻比任何的一種藥還要難求。」

易竹君與郭璞呆呆的望著。

崔北海的說話一收，兩人不約而同就相顧一眼，這一眼之中，彷彿包含著很多只有他們才明白的意思。

然後他們的目光齊轉向崔北海的面上，這一次，卻滿是憐憫之色。

他們就像是在望著一個染上了重病的人。

崔北海看得出來，他笑笑，忽又道：「我的說話你們也許聽得懂，也許聽不懂，無論懂或不懂，我都不在乎。」

他又再轉向郭璞，突然伸出手，放在茶几子上，道：「你既然飽讀醫書，精通脈理，不妨替我診察一下，看我可是真有病？」

郭璞瞟了一眼易竹君，道：「我這就看看。」

他伸伸手，搭住了崔北海的手腕，面容變得嚴肅，聚精會神的樣子，看來倒像個大夫，也像在認真其事。

崔北海面無表情，心裏在暗笑。

他雖不是名醫之後，對於這方面也頗有心得，早在這之前，亦自行檢查過兩次。

他深信自己絕對沒有病，卻仍是由得易竹君郭璞兩人擺布。

因為他一心疑惑，想弄清楚兩人在打什麼主意，也想試試這郭璞到底是不是一個大夫。

好像這樣的一個英俊瀟灑的年輕人，莫說是一個大夫，就說他懂得替人看病，也很難令人置信。

幾乎一開始，崔北海便已懷疑易竹君的說話。

不過人有時實在難以貌相。

這個郭璞居然真的懂得脈理，而且實在有幾下子。

把過脈，郭璞再看看崔北海的面龐，眼神便變得奇怪起來。

崔北海一直就在盯著他，即時問道：「如何？我可有病？」

郭璞道：「脈搏十分正常，完全沒有生病的跡象，就只是有些睡眠不足。」

崔北海一怔，大笑道：「果然有幾下子，老實說，我也懂得一點兒岐黃之術，是否有疾自己也心中有數。」

郭璞苦笑道：「看來你如果有疾，似乎真的是只有一種心藥方能醫治的心疾。」

崔北海笑聲一落，道：「本來就是真的。」

郭璞道：「這我可就無能爲力了。」

崔北海淡淡地道：「心疾本來就不必找什麼大夫，要找到了病源，即使是完全不懂岐黃之術的人，亦不難想出卻病的方法，自我療治。」

郭璞道：「你找到病源沒有？」

崔北海點頭道：「早就找到了。」

郭璞道：「卻病的方法？」

崔北海道：「也有了。」

郭璞嘆了一口氣，道：「我來敢情是多餘？」

他忽然笑了起來，笑接道：「不過這卻是最好，省得我這個表妹日夜擔心。」

他笑顧易竹君！

易竹君也笑笑，笑得卻很勉強，那表情倒像寧可日夜擔心，只怕崔北海不病。

——我若是真的病倒，她只怕未必就會日夜擔心。

崔北海心想，表面卻又是一種表情，他又有了笑容，笑著對郭璞道：「你來得倒也是時候。」

郭璞愕然道：「哦？」

崔北海道：「我正悶得發慌，剛想找一個人喝上幾杯。」

郭璞怔住在那裏。

易竹君連隨又問道：「你用過午膳沒有？」

郭璞道：「還沒有。」

崔北海又問道：「懂不懂喝酒？」

郭璞道：「幾杯倒可以奉陪。」

崔北海拍膝道：「好極了。」

他目光一轉，方待吩咐易竹君打點，易竹君已自趨前，道：「我去吩咐準備酒菜。」

這句話說完，她便帶笑退下。

看樣子她似乎很高興郭璞能夠留在這裏。

她甚至高興得忘記了問崔北海應該將酒菜準備在什麼地方。

六 月圓之夜

酒菜準備在偏廳。

這是崔北海通常宴客的地方，易竹君總算還記得崔北海這個習慣。

她叫人做了六樣小菜。

六樣小菜五雲捧日般擺開，當中的一樣還用一個紗罩覆著。

崔北海目光閃動，連聲說出五樣小菜的名字，目光終於落在紗罩上，道：「這裏頭又是什麼？」

易竹君應聲揭開紗罩，道：「這是我親自下廚做的水晶蜜釀蝦球。」

翻花的蝦珠，釀上水晶一樣透明的蜜糖，襯著碧綠的配菜，既像是水晶，也像是一顆顆的碧玉。

色香俱全，易竹君在這上面顯然已花了不少心機。

郭璞瞪著這一碟水晶蜜釀蝦球，露出了饞相。

看樣子，對於這一樣小菜他似乎並不陌生，卻又似已很久沒有嚐到。

崔北海卻是一面詫異，連聽他都沒有聽過這名字，他更不知道易竹君有這種本領。

他怔怔的望著易竹君，忽然道：「怎麼你還懂得做幾樣小菜？」

郭璞替易竹君回答：「她本來就是這方面的能才。」

他這個表哥知道的竟然比崔北海這個做丈夫的還要清楚。

崔北海這個做丈夫的心裏頭實在不是滋味，淡應道：「哦？」

郭璞又道：「這水晶蜜釀蝦球她做的尤其出色，我卻已有三年沒有嚐到了。」

崔北海心裏頭更不是滋味，居然還笑得出來。

他淡淡道：「我從來沒有嚐過。」

他儘管在笑，語氣已有些異樣，易竹君也聽出來了。

郭璞也不是呆子，他同樣聽得出來，再想想崔北海方才的說話，一面的笑意不由凝結。

崔北海笑道：「這次大概是因爲你到來，她特別親自下廚弄來這些小菜，哈，我倒是叨了你的光！」

他這句話出口，易竹君的面色亦不由變得難看起來。

郭璞趕緊陪笑道：「嫁入大富人家，誰還想到親自動手燒菜。這次，想必是因爲我這個表哥到來，記起自己還有這種本領，才下廚去，大概是想試試，自己還能否做得來。」

他轉顧易竹君，道：「表妹，你可是這意思？」

易竹君當然點頭。

崔北海隨即笑道：「這就非試不可了，果真做得好的話，以後可有你忙的。」

他笑的倒也開心。

易竹君、郭璞聽他這樣說，一顆心才放下。

崔北海接又笑道：「都是自己人，還客氣什麼，來！趁熱吃！」

他第一個就不客氣，挾起一個蝦球放入嘴。

未入口已是香氣撲鼻，入口更香甜。

蜜糖本來就香甜可口，食慾不由大增，一口咬下去。

「吱」一聲，這一口就像是咬在一隻老鼠的身上。

死老鼠！一股血紅的濃汁從蝦球裏流出，流入了他的咽喉！

濃汁之中透著一種難言的惡臭，就像是死老鼠那種惡臭。

蝦不是這種味道，絕不是！

水晶般的蜜糖內到底是什麼東西？

崔北海實在不想在客人面前失儀，但也實在忍不住。

那一股惡臭的濃汁才入咽喉，他整個胃就像已倒翻了。

「嘩」的他張口吐出了那個蝦球！

蝦球滾落在他面前的桌上，已幾乎被他咬開兩邊，他看得非常清楚，裹在蜜糖內的並不是一隻蝦，而是一隻蛾！

碧玉般的翅，血紅的眼睛——吸血蛾！

水晶蜜釀吸血蛾球！

那一隻吸血蛾也不知是給他活活咬死還是本來就是一隻死蛾，血從被咬開的蛾身中流出，染紅了水晶般的蜜糖外殼。

血紅色的血，帶著一種難言的惡息。

流入崔北海的咽喉中的也就是這種惡臭的蛾血！

崔北海不看猶可，一看整張臉就變成死白色。

他雙手扶住桌子，當場嘔起來。

腥臭的蛾血，嘔下了桌面。

連胃液也幾乎嘔出，易竹君、郭璞吃驚的望著崔北海。

他們的目光是先落在崔北海嘔吐出來的那個水晶蜜釀蝦球之上，卻一帶而過。

在他們眼中，那似乎不可怕。

是不是他們早就知道蜜糖之內的是什麼東西？

他們也並未下箸，崔北海繼續嘔吐出來的只是苦水。

他的面色由死白轉變成赤紅，身子也似乎因爲嘔吐後變衰弱，已搖搖欲墮。

易竹君、郭璞看在眼內，不約而同的一齊站起身子，急步上前去，伸手正要扶住崔北海，冷不防崔北海突然將頭抬起來，狠狠的瞪著他們。

給他這一瞪，易竹君、郭璞伸出去的兩隻手不由都停在半空，人也怔住。

嘔吐已同時停下，崔北海咽喉的肌肉筋骨猶在不停的抽搐。

他的口仍然張大，口角掛滿了涎沫，一額的汗水，珠豆般紛落，面部的肌肉似乎已全部扭曲了起來，顯露出來的那種表情不知是恐懼還是憤怒。

易竹君望著他，不覺脫口道：「你……你怎麼了？」

崔北海口角牽動，好容易才吐出一個字：「蛾……」

易竹君的面上露出了一種非常奇特的神色，道：「什麼蛾？吸血蛾？」

崔北海立時半身一偏，戟指易竹君，啞聲道：「你哪來這麼多吸血蛾？」

易竹君一聲輕嘆，道：「你這次又在什麼地方見到吸血蛾了？」

崔北海那隻手指顫抖著，轉指向那水晶蜜釀蝦球，道：「你說這是什麼東西？」

易竹君一怔，道：「不就是水晶蜜釀蝦球？」

崔北海慘笑道：「蝦球蝦球，蜜糖內裹著的真的是蝦球？」

易竹君輕嘆一聲，道：「不是蝦球又是什麼？」

崔北海道：「蛾！吸血蛾！」

易竹君搖搖頭，沒有作聲。

崔北海接道：「水晶蜜釀吸血蛾，你親自下廚弄這道小菜，到底是準備給誰吃？」

易竹君又是搖頭，仍然不作聲。

郭璞一旁插口道：「何來什麼吸血蛾？」

崔北海怒道：「這難道不是……」

話一出口，他那隻手指亦向吐在桌面上的那個蝦球指去。

才指到一半，那隻手指就停在半空，語聲亦同時斷下。

那個蝦球內本來是一隻吸血蛾，現在竟變了金黃芬芳的蜂汁。

這剎那之間，他忽然亦覺自己猶帶腥臭的口腔不知何時亦變得芬芳。

蜂汁芬芳，崔北海目定口呆！

也不知過了多久，他的目光才轉回易竹君、郭璞兩人的面上。

他立時看到兩個非常可怕的「人」！

青綠如碧玉面龐，赤紅如鮮血的眼睛，沒有眼瞳，整個眼球就像是一個蜂巢，就像是無數的篩孔結合在一起。

人怎會這個樣子？妖怪！崔北海心中驚呼。

這一聲驚呼還未出口，那兩個妖怪已然消失，幻影般消失。

消失的其實只是那張妖臉。

那兩張妖臉其實也不是如何消失，只不過面龐不再青綠，眼睛不再赤紅，點漆一樣的眼睛又再出現。

那兩張妖臉只是變回兩張人臉，易竹君、郭璞的兩張人臉。

青綠如碧玉的臉龐，赤紅如鮮血的眼睛，簡直就是吸血蛾的化身！

——莫非他們兩個人都是蛾精？

崔北海渾身的血液都幾乎凝結，木然望著易竹君、郭璞。

易竹君、郭璞一直就在盯著崔北海，一見他回顧，郭璞便問道：「吸血蛾在什麼地方？」

崔北海沒有回答，眼中又有了驚懼之色。

易竹君即時一聲嘆息，轉顧郭璞道：「他就是這個樣子，好幾次突然說看見吸血蛾，依我看，你現在最好立即替他診察一下，也許現在就能夠找出病因。」

郭璞點頭道：「我正有這個意思。」

他兩步跨前，手方待伸出，崔北海猛然一聲怪叫：「不要接近我！」

好驚人的一聲怪叫。

郭璞幾乎沒有嚇死，勉強一笑道：「你現在還是給我看看的好。」

崔北海冷冷的道：「還有什麼好看?現在……現在我什麼都明白……」

易竹君、郭璞對望一眼，彷彿不明白崔北海說話的意思。「吸血，吸血蛾!我到底有何對不起你們？」

崔北海喃喃自語，突然狂笑了起來。

他一面悲哀，笑聲中更無限的淒涼。

易竹君、郭璞面面相覷，兩人忽地都嘆息起來。

易竹君嘆息著道：「他這個毛病又來了。」

崔北海居然聽在耳裏，慘笑道：「是我的毛病又來了！」

這句話出口，他倏的轉身奔了出去。

荷塘的水冷如冰。

崔北海雙手掏了滿滿的一捧水潑在面上，激動的情緒逐漸冷靜下來，一顆心卻仍亂如春草。

——易竹君嫁給我的時候已非完璧，我雖然因爲實在喜歡，沒有當面揭破她，也沒有與易大媽計較，仍不免耿耿於懷，一心要找出那個先我奪去她的清白的人。

——這個人，莫非就是她這個表哥郭璞？

——像易竹君這麼可愛的女人，無論誰得到，都不會放手，郭璞之所以由得她嫁給我，想必是當時有所顧慮，不敢出面與我爭奪。

——這三年之內，也許他學來什麼妖術，所以走回來，要從我的手中將易竹君搶回去，那些吸血蛾的出現，也許就是出於他的驅使，一切可怕的怪事完全是他從中作怪亦未可知。

——也許他們本來就是兩個蛾精，郭璞是故意讓易竹君嫁給我，一待時機成熟便現出原形，吸我的血，要我的命！

——這如果是事實，他們的目的只怕不會這麼簡單，那除非我的血特別寶貴，是以他們才不惜在我的身上花費三年的時間。

——要不是，他們目的又何在？

崔北海越想心越亂。

——他們如果真的是存心害我，就絕不能對他們客氣，無論是人抑或是蛾精，都非殺不可！

殺機一動，崔北海的手不覺就握在劍上！

——這只是我自己的推測，並沒有任何證據，再多等一天看看，說不定這一天之中讓我找到他們害我的證據，那時下手，方是道理。

心念再轉，崔北海才握緊的那隻手又放鬆。

他決定多等一天。

三月十三日，今夜月仍缺，缺的卻已不多，滿院蟲聲半窗月。

書齋向月那邊窗戶的窗紙全都被月色染的蒼白，死白。

崔北海獨臥榻上，靜對蒼白死白的窗紙，面色亦顯得死白，蒼白。

他一臉倦容，眼睛仍睜大。

忙了整整的一天，他已經找遍整個莊院，易竹君所有的東西他亦全都找機會暗中加以檢查。

他並沒有找到任何證據，也沒有發現任何可疑的東西，甚至一隻吸血蛾都沒有遇上。

——難道他們早已知道我準備採取什麼行動，預先將所有問題的東西全都藏起來？

——難道那些吸血蛾的巢穴並不是在這個莊院之內？

找了整整的一天，他都找不到一隻吸血蛾，可是，才臥下，那些吸血蛾便又來了。

成群的吸血蛾出現在書齋外，「霎霎」的撲翅之聲，靜夜中聽來，份外的刺耳，份外的恐怖。

那群吸血蛾彷彿從月亮中飛來，月光照在窗紙上，牠們的投影亦落在窗紙上。

飛舞的蛾影直似群鬼亂舞，由遠而近，由大而小！

月光已經被蛾影舞碎，窗紙也似被舞碎了。

崔北海居然沉得住氣。

也不過片刻，「霎霎」的群蛾撲翅之聲突然停止，蛾影亦同時靜止。

千百個蛾影全都靜伏在死白的窗紙之上。

窗紙，卻沒因此昏暗，反而變得碧綠。

月色竟照透蛾身。

崔北海死白的面色亦慘綠起來，他的身子即時從榻上飛出！

箭也似「颼」的飛出，飛落在窗前。

他瞪著那群吸血蛾，一直到牠們完全靜止，才採取行動！

人猶在半空，他的雙手已伸出，身形一落下，雙手就將其中的一扇窗戶劈開！

窗戶一劈開，他的右手便收回，嗆啷的拔劍出鞘！

他早已準備那些吸血蛾在窗戶打開之時，撲進來向他襲擊。

大出他意料之外，一隻蛾都沒有撲進來。

在他打開窗戶的剎那，伏滿了窗紙的吸血蛾便已消失。

夜霧淒迷的院子卻隱約閃爍著千百點鬼火一樣，慘綠色的光芒。

崔北海沒有追出，一面的悲憤。

他突然揮拳，痛擊在窗子之上。

整個窗子都被他擊碎，他心中的悲憤，卻並未因此消散。

他雖然不知道那些吸血蛾連日如此出現，並不進一步採取行動，是吸血之前的習慣，還是著意恐嚇，卻知道再這樣下去，他不難就變成瘋子。

長時期活在恐懼之中，的確可以使一個人的神志完全崩潰。

幸好今天已是三月十三，後天就是三月十五。

十五月圓之夜，據講蛾王就會出現。

蛾王出現的時候事情據講就會終結。

這種恐懼的生活最多還有兩天。

崔北海只希望這兩天之內自己還沒有變成瘋子。

事情的終結雖然也許就是他生命的終結，但無論如何，他都不必再恐懼。

恐懼本來就比死亡更難堪。

三月十四，又是夕陽小樓西。

崔北海徘徊在西院中，夕陽下，也就在這時，一個僕人將杜笑天帶來了。

杜笑天一身副捕頭的裝束，滿面風塵僕僕。

崔北海一眼瞥見，大喜若狂，趕迎上去。「杜兄，怎麼現在才來，可想死我了！」

崔北海大力的拍著杜笑天的肩膀。

這一拍之下，竟拍起了一大蓬塵土。

崔北海不由一怔，一雙手停在半空。

杜笑天連隨偏身讓開，仰面大笑，道：「再這樣拍下去，連你也得變成灰頭土面的了。」

崔北海聞言一怔，低聲道：「你打從哪裏來的，怎麼竟像一條泥土裏鑽出來的臭蟲？」

杜笑天道：「我不是從泥土裏鑽出來，只不過風沙中趕了整整一天路。」

崔北海轉問道：「這十天到處都不見人，你到底哪裏去了？」

杜笑天道：「走了一趟鳳陽。」

崔北海道：「是因爲公事。」

杜笑天點頭。

崔北海道：「事情還沒有辦妥？」

杜笑天道：「已經辦妥了。」

崔北海奇怪道：「怎麼你還得這麼急？」

杜笑天道：「我是趕回來見你。」

崔北海道：「哦？」

杜笑天笑道：「吸血蛾那件事你難道以爲我完全忘記了？」

崔北海點頭道：「我幾乎這樣以爲的了。」

杜笑天道：「你當我是那種不顧朋友生死的人？」

崔北海趕緊道：「不是這個意思，只是這種事實在太難令人置信，你就算完全不放在心上，我也怪不得你。」

杜笑天道：「如果那天在湖畔不是遇見那兩隻吸血蛾，又給其中的一隻刺了一下，我只怕真的不會放在心上。」

崔北海道：「你現在莫非已有了應付的辦法？」

杜笑天搖頭道：「沒有。」

崔北海道：「那麼你趕回來見我究竟是爲了什麼？」

杜笑天道：「看看你變成怎樣。」

他上上下下的打量了崔北海兩眼道：「你現在看來並沒有什麼不妥的地方。」

崔北海苦笑。

杜笑天接道：「那件事假使並非傳說，蛾王也要在十五月圓之夜，才會出現，今天不過是十四，我回來仍是時候，還可以趕及幫助你對付那些吸血蛾。」

崔北海微喟道：「你雖然及時回來，只怕對我也沒有什麼幫助。」

杜笑天一怔道：「聽你的口氣，這十天之內，似乎發生了很多事？」

崔北海頷首道：「已夠多的了。」

杜笑天道：「是不是那些吸血蛾又出現？」

崔北海道：「每一天都出現，一天比一天多，昨夜出現的時候，我看已不下千隻。」

杜笑天聳然動容，脫口道：「難道那真的並非只是傳說？」

崔北海道：「我看就是了。」

杜笑天忽然又問道：「牠們從哪裏飛來？」

崔北海道：「不知道。」

杜笑天又接著問道：「牠們沒有襲擊你？」

崔北海道：「沒有，只是極盡恐嚇，這也許是牠們的習慣，是蛾王的命令，在十五月圓之夜，蛾王出現之時，牠們才正式採取行動？」

杜笑天轉問道：「你又有沒有對牠們採取行動？」

崔北海道：「有。」

杜笑天道：「能不能制止牠們？」

崔北海道：「根本就沒有作用。」

杜笑天說道：「難道，刀劍牠們都不怕？」

崔北海點頭道：「一如第一次。」

杜笑天道：「是不是在你採取行動之時，牠們便魔鬼般突然消失？」

崔北海一聲嘆息，道：「牠們簡直就是魔鬼的化身。」

杜笑天沉吟著道：「你可曾想過怎會惹上這些東西？」

崔北海似乎意料不到杜笑天這樣問，怔住在那裏。

杜笑天又道：「這麼多人不選擇，偏偏選擇你，必然有牠們的原因，知道了這個原因，事情也許就比較簡單。」

崔北海苦笑，欲言又止。

杜笑天低頭沉吟，並沒有留意崔北海的神態變易，接問道：「牠們多數在什麼地方出現？」

崔北海道：「幾乎每一次都不同。」

杜笑天轉問道：「昨夜出現在什麼地方？」

崔北海道：「書齋之外。」

杜笑天道：「前幾次又如何？」

崔北海閉上嘴巴。

杜笑天盯著他，道：「忘記了？」

崔北海道：「你看我可像是如此健忘之人？」

杜笑天緩緩道：「我看你像是心中有難言之隱。」

崔北海又將嘴巴閉上。

杜笑天道：「你說了出來，也許我能夠從中找出那些吸血蛾的弱點，替你設法應付，但如果你不說，怕我就真的對你毫無幫助的了。」

崔北海又是苦笑，道：「有些事即使我說出來，你也未必會相信。」

杜笑天道：「只是未必會，不是一定不會。」

崔北海沉默了下去。

杜笑天靜候一旁，也不催促。

七 鴻飛冥冥

崔北海沉默了一會，長嘆一聲，搖頭。

杜笑天看在眼內，道：「果真是難於啓齒，也不勉強你。」

崔北海苦笑一下，道：「有件事我倒想跟你說一說。」

杜笑天道：「我在聽著。」

崔北海道：「那些吸血蛾出現的時候，並不是每一次都只有我一個人，可是除了我之外，在場的其他人竟全都沒有看見牠們，你說奇怪不奇怪？」

杜笑天道：「有這種事情？」

崔北海道：「杜兄難道不相信我的說話？」

杜笑天搖頭道：「不是，但這如果是事實，那些吸血蛾只怕就真的是魔鬼的化身。」

他忽然苦笑，道：「世間難道竟真的有所謂妖魔鬼怪？我絕不相信。」

崔北海道：「我也不相信妖魔鬼怪的存在，但千百隻吸血蛾一齊出現，又是何等聲勢，竟無人看見，只是我例外，這件事如何解釋？」

杜笑天不能解釋。

崔北海接道：「在場的人不用說，只要是住在這個莊院的人，我都已問過，異口同聲，都是說不知道，這如果不是事實，唯一的解釋，就是——他們全都對我說謊！」

杜笑天道：「前些時你不是曾經說過這個莊院的所有人對你都是一片忠心。」

崔北海道：「我是這樣說過，當時，我所以這樣，是因爲我一直忘記了一件事。」

杜笑天道：「什麼事？」

「人心難測！」崔北海嘆了一口氣。

杜笑天道：「這句話，你似乎有感而發。」

崔北海嘆息道：「如果他們真的是全都對我忠心一片，沒有說謊，這件事反而簡單。」

杜笑天道：「哦？」

崔北海道：「因爲也只有三種可能，一是那些吸血蛾的確是妖怪的化身，所以只有我這個被害者才可以看見。」

杜笑天道：「否則如何？」

崔北海道：「那就是我說謊，無中生有，虛構故事；再不是，便該是我的腦袋有問題，一切都是出於我的幻想的了。」

杜笑天失笑道：「這豈非我的腦袋也有問題？」

崔北海只是嘆息。

杜笑天的目光落在曾被吸血蛾刺了一下的那隻手指之上，笑容忽一斂，道：「妖魔鬼怪的化身倒未必，那些吸血蛾的存在卻是可以肯定。」

他絕對相信自己的眼睛，何況當時他還將一隻吸血蛾抓在手中，還被那隻吸血蛾刺了一下，這絕非幻覺！

他的腦袋既然沒有問題，崔北海應該也沒有。

——這十天之內到底發生了什麼事情？

崔北海到底又爲什麼不肯說出來？

杜笑天的目光不由又回到崔北海的面上。

他立時發覺崔北海一雙眼發直，並不是在望著他。

——他在看什麼？

杜笑天下意識地順著崔北海的目光看去。

他看到了一隻蛾！

赤紅如鮮血的眼睛，青綠如碧的雙翅。

吸血蛾，杜笑天一連打了兩個冷顫。

金黃色的夕陽晚照下，那一隻吸血蛾更顯得美麗，美麗而妖異！

牠們雙雙飛舞在那邊的一叢杏花中。

杏花已零落，顫抖在淒冷的晚風裏。

是不是杏花也有感覺，知道這一雙吸血蛾會帶來災禍，恐懼的顫抖起來！

災禍果然馬上就來了。

颼一聲，崔北海的身子突然如箭離弦也似射向這一叢杏花！

人到劍到！七星絕命劍星雨飛擊而下。

一叢杏花立時被劍擊碎！

那一雙吸血蛾是不是也被擊碎？

崔北海劍勢一盡，人亦落下，劍雨擊碎杏花落下！

錚的劍入鞘，崔北海所有的動作完全停頓，木立在碎落的杏花中，一雙眼銅鈴般睜大，目光閃閃。

杜笑天幾乎同時凌空落下，落在崔北海身旁，道：「崔兄，如何？」

崔北海目光霍地一轉，盯著杜笑天，道：「方才你有沒有看見那一雙吸血蛾？」

杜笑天點頭。

崔北海沉聲道：「你有沒有騙我？」

杜笑天正色道：「我沒有理由騙你，現在也不是開玩笑的時候。」

崔北海忽然笑了起來。

杜笑天給笑的一怔，忍不住問道：「你在笑什麼？」

崔北海道：「因爲我實在開心。」

杜笑天又是一怔，道：「哦？」

崔北海笑道：「如果又是我一個人看見，只怕我的腦袋真的有問題，但你也看見，而且這已是第二次的看見，證明事實是有吸血蛾這種東西存在，我也絕不相信這麼巧，你我的腦袋都有毛病，又會這麼巧，兩次都一齊看見那種應該沒有可能存在的東西。」

杜笑天點頭，道：「你我的腦袋應該都沒有毛病……」

崔北海突然截口問道：「我一劍擊出之時，你可曾看見哪一隻吸血蛾從劍網中逃出？」

杜笑天搖頭道：「不曾。」

崔北海痛恨的道：「當時牠們已是被劍網籠罩，可是劍網一開始收縮，牠們便全身通透，魔鬼般消失！」

杜笑天苦笑，目光落在地上。

他只希望能夠看見一雙蛾屍，因爲那就可以證明那雙吸血蛾不過被那一劍擊斃，崔北海不過一時眼花。

一地的碎葉，一地的碎花。

碎葉碎花之中並沒有蛾屍，連一小片蛾翅都沒有。

杜笑天一拂雙袖，一地的花葉齊飛。

蛾屍也沒有蓋在花葉之下。

──那雙吸血蛾何處去了，莫非牠們真的魔鬼般消失?真的是魔鬼的化身？

世間莫非真的有妖魔鬼怪？

杜笑天不禁一聲嘆息，崔北海亦自嘆息。

杜笑天忽然問道：「你準備怎樣？」

崔北海道：「等死。」

杜笑天一怔，道：「明天才是十五，你還有一天的時間。」

崔北海道：「這一天之內你以爲就能夠想出應付的辦法？」

杜笑天道：「最低限度你也可以盡這一天遠離此地，或者找一個秘密的地方暫時躲避起來，一切等過了十五再說。」

崔北海道：「如果我要離開早就離開的了。」

杜笑天奇怪的問道：「爲什麼你不離開？」

崔北海道：「那些吸血蛾若真的是魔鬼的化身，無論我走到什麼地方，牠們一樣可以將我找到。」

杜笑天又是一怔，崔北海的話並不是全無道理。

故老相傳，妖魔鬼怪豈非大都無所不知，無所不至。

不過故老相傳，人世間卻也有妖魔鬼怪雖然知，但是不敢至的地方。

杜笑天心念一動，道：「你大可走進佛門暫避一宵。」

崔北海淡然一笑，道：「你以爲我沒有動過這念頭？」

杜笑天道：「據我所知有妖魔鬼怪對於佛門清靜地，都不無避忌。」

崔北海道：「我也知道這附近的佛門並不少。」

杜笑天道：「難道你已試過這辦法，已知道這辦法完全無效？」

崔北海道：「我只知道一件事。」

杜笑天道：「什麼事？」

崔北海道：「這附近的佛門雖然多，還沒有一處真正清靜的佛門，也沒有一個真正得道的高僧。」

杜笑天並不反對崔北海這樣說，他是這地方的捕頭，這附近的佛門如何，沒有人比他更清楚的了。

崔北海所說的正是事實。

他一聲輕嘆，道：「天下間其實又有幾處真正清靜的佛門，又有幾個真正得道的高僧？」

崔北海接道：「更何況道高一尺，魔高一丈，即使我真的置身清靜佛門，又有得道高僧一旁守護，蛾王也未必就沒有辦法。」

杜笑天道：「是以你索性就靜候蛾王的出現？」

崔北海點頭道：「我也實在想見牠一面。」

杜笑天道：「哦？」

崔北海接道：「最好到時牠能夠化爲人形，人一樣說話，又容許我還有說話的餘地。」

杜笑天道：「你要問清楚牠爲什麼選擇你？」

崔北海悽然一笑，道：「只要能給我一個明白，我便將血奉獻給蛾也甘心。」

杜笑天沉默了下去。

崔北海緩緩接著道：「我只求一個明白。」

杜笑天不覺說話出口，道：「我也希望能夠有一個明白。」

崔北海道：「這可就難了，我明白之際，也亦是我絕命之時，死人並不能夠傳話。」

杜笑天笑道：「明天夜裏我要寸步不離你左右，你明白我又怎會不明白？」

崔北海斷然拒絕說道：「這萬萬不能！」

杜笑天道：「爲什麼？」

崔北海道：「因爲你是我的朋友，我萬萬不能讓朋友冒這個險。」

杜笑天道：「這樣說這個險我就更非冒不可。」

崔北海瞪著他。

杜笑天接道：「你將我當做朋友，我又豈能不將你當做朋友，眼看朋友有難竟袖手旁觀，又豈是朋友之道。」

崔北海突然問道：「你可知明天夜裏與我一起不難亦成爲群蛾攻擊的對象？」

杜笑天點頭。

崔北海又問：「你可知道果真一如傳說，群蛾亦可能將你的血吸乾？」

杜笑天又點頭。

崔北海道：「你既然都知，還是要冒險？」

杜笑天一再點頭。

崔北海突然一拍杜笑天的肩膀，大笑道：「好朋友，夠朋友！」

杜笑天道：「你這是答應我明天夜裏追隨你左右？」

崔北海笑聲突止，道：「我還是不答應。」

他盯著杜笑天，接道：「如果我答應你，就是我不夠朋友的了。」

杜笑天搖頭輕嘆，道：「你這個人也未免太固執。」

崔北海點頭道：「我生來就是這個脾氣。」

杜笑天忽一笑，道：「不過我一定要來，你好像也沒有辦法。」

崔北海道：「因為你是捕頭？」

杜笑天點頭道：「我有責任阻止兇殺的發生。」

崔北海道：「憑我的地位，在我睡覺時候，大概總可以將你請出房門之外。」

杜笑天笑道：「那明天晚上，我就守在房門之外好了。」

崔北海道：「有什麼可以改變你的主意？」

杜笑天道：「沒有。」

崔北海無可奈何的嘆了一口氣，道：「只要群蛾出現的時候，你不衝入來，房門之外應該是一個安全的地方。」

杜笑天笑笑。

崔北海接道：「我卻知道你沒有這種耐性，就不用群蛾出現，只要房內稍有異動，你便會衝進去。」

崔北海沒有回答，只問道：「明天你什麼時候到來？」

杜笑天笑道：「你什麼時候清楚我的脾氣？」

杜笑天道：「盡早。」

崔北海道：「明天整天我都會留在書齋。」

杜笑天說道：「書齋外的景色，也不錯。」

崔北海道：「月夜的景色更不錯，只怕風露太冷。」

杜笑天說道：「風露太冷，大可加衣。」

崔北海搖搖頭道：「你這個人原來比我還固執。」

杜笑天一笑，轉過話題道：「我僕僕風塵，怎麼你全無表示？」

崔北海道：「我本該設宴替你洗塵，只可惜我的心情實在太壞。」

杜笑天道：「這麼說，我現在豈非最好告辭？」

崔北海也不挽留，面露歉意道：「活得過明天，我必定與你狂醉三日。」

杜笑天笑道：「到時可要搬出你家藏的陳年美酒。」

崔北海淒然一笑，道：「還有這樣的機會，你以爲我還會吝惜那些東西。」

杜笑天看見崔北海那種表情，哪裏還笑得出來，輕嘆道：「其實你也不必太擔憂。」

崔北海淡淡的道：「我何嘗擔憂。」

杜笑天道：「如此最好。」他說一聲告辭。

崔北海只是回以一聲不送。

他真的不送，甚至就站在那裏，一動也不動。

夕陽已然在小樓外，短牆外。

夜色雖未臨，天色已逐漸昏暗，晚風淒冷。

一陣風吹起了崔北海外罩長衫的下擺，也翻起了他腳旁的一片碎葉。

葉上有血，濃血，血幾乎只是一點，卻閃閃生光。

妖異的血光一閃即逝，葉一翻又落回原處。

崔北海迎風轉過半身，目送杜笑天走出了月洞門。

他的腳步一移動，血光又閃現。

這一次的血並不是在葉上，也不是只得一點。

血赫然在他腳下！一灘血！

小小的一灘血，這些血到底是什麼血？

血出現在崔北海腳下，是不是就是崔北海他的血？

如果是，又因何流血？

血濃如漿一樣，彷彿透著一種難言的腥臭，血光妖異，周圍的氣氛也似乎變得妖異。

崔北海的面容亦彷彿因此變得妖異起來。

三月十五，黃昏前煙雨迷濛，一到了黃昏，煙雨卻就被晚風吹散。

空月黃昏，晚日蔥蘢。

這邊太陽還未下沉，那邊月亮便已升起。

十五月圓，月圓如鏡，殘陽的光彩中，只見淡淡的一個輪廓。

杜笑天是突然發現這一輪淡月。

「怎麼這樣早月亮就昇起來了？」他猛打了好幾個寒噤。

這一輪淡月竟彷彿裹在森冷的寒冰之中，給人的是寒冷的感覺，妖異的感覺。

他現在正在聚寶齋之內。

崔北海早已吩咐下來，所以杜笑天一來，僕人就將他帶到書齋之前，卻只是帶到書齋之前。

這也是崔北海的吩咐。

那個僕人連隨離開，因爲崔北海還吩咐，杜笑天一到，任何人都不得再走進書齋。

他顯然並不想牽連任何人。

杜笑天明白崔北海的苦心。

他卻不止一個人到來，還帶來了傅標、姚坤兩個捕快，他們都是他的得力手下，都有一身本領。

書齋的門緊緊的閉著，裏頭已燃起燈火，並不見人影。

杜笑天目光落在門上，方在盤算好不好將門拍開，先跟崔北海打個招呼，順便看看他現在怎麼樣，門突然從裏面打開來。

崔北海雙手左右抓著門上，並沒有出來。

杜笑天那落在門上的目光自然變了落在崔北海的面上。

他立時又打一個寒噤。

只不過一日不見，崔北海的面上竟全無血色，青青白白的，就像天邊那一輪淡月，清冷而妖異。

他似乎在開門之前已知道杜笑天的到來，又似乎現在才知道，他的聲音也很冷。

杜笑天忙道：「發生了什麼事情？」

崔北海一愕，道：「沒有什麼事情發生，怎麼你這樣問？」

杜笑天道：「你難道不知道自己的面色多麼難看？」

崔北海淡笑道：「一夜不眠，復又整整一天不曾好好的休息，面色不免難看一點。」

杜笑天道：「你在忙什麼？」

崔北海道：「將這十多天所發生的事情完全寫下來……」

杜笑天忙道：「可否給我看一看？」

崔北海道：「可以是可以，但不是現在。」

杜笑天追問道：「不是現在又是什麼時候才可以？」

崔北海道：「在我死後。」

杜笑天怔住在那裏。

崔北海微喟道：「我若是不死，這件事也就罷了，再不然，日後我亦會自己解決。」

杜笑天脫口說道：「你若是死了又如何？」

崔北海道：「那麼你遲早總會找到我留下來的那份記錄，只要那份記錄在手，你便會明白事情的始末，亦不難找出我死亡的真相。」

杜笑天搖搖頭，道：「你何不現在讓我一看，那也許我們還能夠來得及找出應變的辦法，來得及挽救你的性命。」

崔北海亦自搖頭，道：「只有我死亡，才有人相信我那份記錄。」

杜笑天瞠目道：「怎麼你竟是要以自己的生命來證明事情的真實？」

崔北海道：「這是唯一的辦法。」

杜笑天怒道：「你是不是活膩了？」

崔北海道：「這種恐怖的生活，無論誰都會活膩。」

杜笑天上上下下的打量了崔北海一眼，道：「我看你簡直就像是一個瘋子。」

崔北海道：「我倒希望自己真的變成一個瘋子。」

他悽然一笑，接下去道：「如果我是一個瘋子，根本就不必再擔心什麼，也都不會再有任何的感覺，無論恐懼或是痛苦。」

杜笑天又怔住。

八　蛾影幢幢

崔北海隨即探手從懷中緩緩的抽出了一封信，道：「我還寫了這封信。」

杜笑天問道：「這封信，又是如何處置？」

崔北海道：「準備交給你。」

杜笑天詫聲道：「給我的？」

崔北海搖頭，道：「不是給你的。」

杜笑天道：「然則為什麼交給我？」

崔北海道：「因為我無暇外出，左右又沒有一個可以信任的人，所以只有乘此機會交給你，由你替我送出去。」

杜笑天道：「送去哪裏？」

崔北海道：「衙門。」

杜笑天道：「給誰？」

崔北海說道：「此地的太守——高天祿！」

杜笑天大感詫異，忙問道：「這到底是什麼信？」

崔北海道：「其實也不是一封信，是一份遺囑。」

杜笑天道：「遺囑？」

崔北海道：「我要請高太守替我處理一切身後事。」

杜笑天道：「哦？」

崔北海勉強笑道：「當然，我若能活到明天，這封信也就不必送出，你要交還我。」

杜笑天道：「這是說，現在一定要由我保管的了。」

崔北海道：「當然。」

杜笑天忽笑道：「只怕群蛾去後，我也變成一具乾屍，不能替你送出這封信，轉而給人拿走了。」

崔北海道：「就算你變成一具乾屍，還有你兩個手下。」

杜笑天回顧一眼，道：「也許他們亦與我同一命運。」

崔北海失笑道：「你的心地原來也並不怎樣好。」

杜笑天一聲嘆息：「連你的『七星奪魂，一劍絕命』，也全無保命的把握，他們的兩支短槍，一條鐵索不成比得上你那支七星絕命劍？」

崔北海道：「那些吸血蛾未必會找上他們，即使找上了，你們三人無一倖免，那封信也被毀去，亦不成問題。」

杜笑天不明白。

崔北海解釋道：「因爲我還寫了一封與這封完全相同的信，與我那份記錄放在一起，我們若全都死了，三日之後，它們也一樣會交到高太守手中。」

杜笑天更不明白了。

崔北海又解釋道：「三日之後我那朋友無論如何都應該趕到，以他的智慧，應該可以將它們找出來，信封之上已留字送與何人，他應能替我辦妥。」

杜笑天道：「你倒也小心。」

崔北海道：「如此地步，我怎能不小心？」

杜笑天忽又問道：「你那個朋友，是誰？」

崔北海道：「常護花。」

「常護花？」一聽到這個名字，杜笑天、傅標、姚坤三人的面色都一變。

崔北海一瞟三人道：「你們是不是曾聽說過我這個朋友？」

杜笑天道：「不曾聽說過你這個朋友的人大概還不多。」

崔北海頷首道：「他在江湖上的確名氣很大，目下江湖用劍的高手若論名次，第一位我看亦是非他莫屬的了。」

杜笑天若有同感，道：「我雖然沒有見過他這個人，也沒有看過他的劍法，但目下江湖，論名氣之大，的確還沒有人比得上他。」

崔北海道：「你們相信怎也想不到我竟有這樣的一個朋友。」

杜笑天道：「我與你認識已好幾年，這還是第一次聽你說的。」

崔北海沉默了下去。

杜笑天未覺崔北海神色有異，道：「據我所知你這個朋友是住在萬花山莊。」

崔北海點頭。

杜笑天又道：「萬花山莊離這裏並不太遠。」

崔北海道：「快馬六天可到。」

杜笑天問道：「你不是一開始就找他麼？」

崔北海道：「初七頭上我才著崔義飛馬將信息送去萬花山莊。」

杜笑天道：「崔義？」

崔北海道：「對於他，你應該不會陌生。」

杜笑天道：「我記得這個人。」

崔北海道：「他一家世代都是侍候我崔家，我絕對相信他這個人，所以我才著他去找常護花。」

杜笑天道：「你應該早些找他來，如此他現在應已在這裏。」

崔北海道：「沒有必要我實在不想找他……」

他嘆了一口氣才接下去：「因爲我們其實已不是朋友。」

杜笑天道：「哦？」

崔北海沒有進一步說明，目光又落在那封信上，道：「這封信我已用火漆封口，而我亦不只一次兩次給高太守送禮，每一次我都附有字條，他即使認不出我的字，兩下對照亦不難分辨得出來。」

杜笑天道：「你擔心有人掉換或者竄改你的遺囑？」

崔北海道：「的確是如此擔心，所以在信上我還蓋上兩私印。」

他勉強一笑，又道：「好像這樣的一份遺囑，應該不會出亂子的了。」

杜笑天微喟道：「你若是一個瘋子，又豈會設想得這麼周到？」

崔北海一聲輕嘆，並不說什麼，一揮手，那封信脫手飛出。

也不等杜笑天將信接下，他便反手將門關上。

杜笑天接信在手，亦再無說話。

他的目光自然落在那封信之上，前前後後的仔細看了一遍。

信的確密封。

杜笑天小心將信放入懷中，左右瞟一眼兩個手下，道：「那邊有一個亭子，我們就守在亭裏。」

這時候，殘陽的光影已幾乎完全消失，天邊那一輪月亮卻仍然淡如清水。

亭子在花木叢中，稀疏的花木並沒有將亭子掩蔽，書齋那邊並不難望見這邊亭子，亭子這邊亦不難望見那邊書齋。

亭子與書齋之間不過三四丈距離，監視那書齋，這亭子無疑是最適當的地方。

亭中還有一張石檯，幾張石凳。

杜笑天選了一張石凳，面向書齋坐下，心情不由便緊張起來。

傅標、姚坤亦一旁坐下。

姚坤隨即道：「頭兒，聽姓崔的口氣，似乎真的有吸血蛾那種東西？」

杜笑天道：「事實就是有。」

姚坤道：「頭兒莫非也見過那種東西了？」

杜笑天點頭道：「已見過兩次。」

姚坤追問道：「那種東西是不是真的吸血？」

杜笑天點頭。

姚坤變色道：「頭兒如此肯定，莫非也曾被那些東西吸過血？」

杜笑天再三點頭，道：「不過那次只是一隻吸血蛾，牠剛開始吸血便被我甩開了。」

姚坤這才真的變了面色。

傅標一旁忍不住插口問道：「姓崔的怎會惹上那些東西？」

杜笑天道：「我不知道。」

傅標道：「他自己又知道不知道？」

杜笑天道：「聽他的說話，他顯然知道，就是不肯說，似乎有難言之隱。」

他一頓，道：「不過即使他不說，在今天夜裏，我們可能就有一個解答。」

姚坤即時說道：「夜，看來已經開始了。」

杜笑天應聲望天，迷濛的夜色果然已經開始降臨人間。

天邊那一輪淡月相應逐漸明亮起來。

書齋窗戶透出來的燈光亦自相應逐漸明亮。

院子卻逐漸暗黑下去。

花樹之間並無火點綴，亭內雖然有凳桌，亦並無燈火。

杜笑天三人逐漸陷入黑暗之中，三人已再無說話。

夜漸深，月漸高漸明。

書齋窗戶透出來的燈光亦漸見明亮，窗紙被燈光照的發白。

窗紙上不時現出崔北海的人影。

他有時木立，有時頻頻的搓手，有時就像是熱鍋上的螞蟻團團亂轉。

雖然聽不到任何聲響，只有崔北海的影子，杜笑天三人卻已感覺到崔北海那份焦躁不安。

他們不覺亦焦躁起來，吸血蛾何時方至？

夜更深，月更高更明，也似更圓了。

月色冰冷，灑下一地冷光，院子中淡霧迷離。

霧也不知來自何處，來自何時，月照下，就是像寒冰上散發出來的冷氣。

杜笑天三人彷彿已被凍僵，動也不一動，目光亦凝結，始終不離書齋的窗戶。

窗戶透出來的燈光更明亮，窗紙雪也似發白。

崔北海的半截影子在窗紙之上，不動的影子。

從這個影子看來，崔北海是坐在燈旁。焦躁也有寧靜下來的時候。

一更、二更，三更的更鼓已然敲響。

月正在中央天，鏡一樣的明月，完整無缺的明月。

更鼓聲再響，月突然碎裂！

一片奇形怪狀的雲，突然飄來，間斷明月，就像是一隻魔手，突然明月撕裂了。

雲是殷紅色，殷紅得一如濃血。

明月就像是浴在血中，血淋淋的明月！

杜笑天抬眼望天，本是想一看天色，卻看到了一輪血淋淋的明月。

他由心寒了出來——今夜的月雲怎麼都這樣怪？

明月旋即完全消失在血雲之中。

也就在這時，崔北海那印在窗紙之上的人影突然暴起！

一聲恐怖的驚呼同時暴響！

「吸血蛾！」這是崔北海的聲音。吸血蛾到底來了！

杜笑天的目光應聲急轉回書齋。

錚一聲拔劍聲即時傳來！

聲音在書齋之內響起，杜笑天三人遠在亭那邊也聽得很清楚。

夜也實在太靜了。

劍影與人影齊飛，書齋的燈光突然熄滅！

整個書齋，剎那就像是完全被黑暗吞噬！

杜笑天不再猶疑，一聲暴喝道：「快！」

刀出鞘，人幾乎同時飛出亭外，急撲書齋！

傅標、姚坤也夠快，姚坤雙臂一翻，撤下背插雙槍，嗆啷的一聲傅標腰纏的鐵索亦在手，兩人幾乎不分先後越亭而出，緊跟在杜笑天身後！

杜笑天一個起落，落在書齋的門前，連隨高呼一聲：「崔兄！」

沒有回答，書齋內一片死寂，可怕的死寂！

傅標姚坤雙雙落在杜笑天左右，姚坤隨問：「頭兒，如何？」

杜笑天喝道：「闖！」

一個闖字出口，他的右腳就飛起，一腳踢在書齋的門上。

砰一聲門被踢開！

杜笑天手中刀幾乎同時挽了一個刀花，護住了全身上下。

即使門一開，一群吸血蛾就從內撲出，這一個刀花，亦已可以暫時將牠們截下。

出乎意料之外，並沒有吸血蛾從內撲出，一隻都沒有。

門內是一片黑暗。

杜笑天目光一閃，人噗的撲倒，伏地滾身，刀光隨身滾動，連人帶刀滾入黑暗之中！

姚坤、傅標不用杜笑天吩咐，左右撞開了一扇窗戶，一個雙槍護身，一個鐵索飛舞，連隨左右越窗竄入房內！

黑暗剎時將三人吞沒。

也不過剎那「嚓」一聲，黑暗中閃起了一團光芒。火熠子發出來的光芒。

杜笑天整個人都在這團光芒的籠罩之下，火熠子也正就捏在他手裏。

他已站起來，左手高舉火熠子，右手握刀橫護在胸前，一雙眼放光般不住的閃動。

傅標姚坤亦左右剔亮了兩個火熠子。

三個火熠子的光芒足以照亮整個書齋。

杜笑天看的分明，書齋內除了他，傅標、姚坤外，並沒有第四個人。

崔北海哪裏去了？

燈仍在桌上，燈罩已分開兩片，燈蕊也變成兩截。

崔北海先刺劍雙飛，那一劍顯然就是劈在燈罩之上。

那一劍劈在燈罩之上，當然有他的理由。

他並非一個瘋子。

——吸血蛾！

當時他驚呼吸血蛾，莫非吸血蛾就出現在燈罩附近或者燈罩之上，是以他那一劍才會將燈罩砍開兩片，連燈蕊都砍斷？

燈蕊仍可以點燃，杜笑天再將燈蕊燃點。

燈光很快又遍照整個書齋，多了這盞燈，整個書齋頓時光如白晝。

杜笑天看得更清楚，崔北海的確不在書齋之內。

不見人，卻見血，燈座旁一灘鮮血，燈光下閃閃生光。

血色鮮明，血光妖異，是人血還是蛾血？

蛾血無色，吸血蛾是否就例外？

非蛾血那便是崔北海的血了！

他的血留在桌上，他的人又在何處？

杜笑天以指蘸血，以鼻輕嗅，喃喃自語道：「這該是人血。」

他為捕十年，也不知多少盜賊落在他手中，那些盜賊當然不會全都束手就擒，這十年下來，正所謂出生入死，連他都難以記得曾經多少惡鬥，那張刀早已遍染血腥，對於人血的氣味他亦已熟悉得很。

現在他仍不敢太肯定。

他雖然見過吸血蛾，並沒有見過吸血蛾的血。

那些與一般迥異的吸血蛾在吸過人的血之後，也許就將人的血儲在體內。

也許在吸過人的血之後，那些吸血蛾的血亦因而轉變成人血一樣。

也許那些吸血蛾體內的血液原來就是與人相同。

杜笑天沒有再想下去，他怕自己的頭腦太亂，目前還有更重要的問題需要他解決。

無論是活人抑或死屍，他都得先將崔北海找出來。

他將火熠子放下，卻將那盞燈拿在手裏，整個人浴在明亮的燈光之中。

人移動，燈光亦隨著移動。

他走遍整個書齋，搜遍整個書齋。

傅標、姚坤當然絕不會袖手旁觀，杜笑天搜過的地方他們都加以搜索。

三個人這樣搜索，崔北海縱然變了只得寸許高下，相信亦會被他們找出來。

七尺高下的人又豈會變得只有寸許長短，這除非崔北海方才遇上了妖怪，否則他本身只怕就是一個妖怪了。

他驚呼吸血蛾，若真的遇上了妖怪，應該就是一個吸血蛾妖！

這難道並非傳說，這世間難道真的有妖魔鬼怪的存在？

杜笑天再三搜索，門窗他都一一仔細的加以檢查。

書齋的門窗赫然都是在裏面關上，他將門踢開，門閂就被他踢斷，傅標、姚坤的穿窗而入，亦是窗戶連窗撞碎。

整個書齋簡直就完全密封。

崔北海即使背插雙翼，也不能就此離開書齋，何況整個書齋都在杜笑天三人監視之下？

他絕不會無故驚呼吸血蛾，顯然就是真的看見吸血蛾才那麼驚呼。

那一聲驚呼的淒厲、恐怖，真使人魄動心離。

雖然看不見他的神情，只聽那一聲，亦不難想像那剎那之間他的恐懼。

他不是第一次遇上吸血蛾。

如果那只是幾隻吸血蛾，他絕對沒有理由如此驚慌。

剎那之間，莫非在書齋之內，突然出現了成千上萬的吸血蛾，一齊襲擊他？

這若是事實，這麼多吸血蛾如何能夠逃過杜笑天三人的監視，如何能夠進入書齋之內？密封看來就只有風才能從門窗的縫隙進入，那些吸血蛾縱然其薄如紙，那短短片刻，如何能夠一入就是千萬隻？

崔北海看見的吸血蛾到底是什麼吸血蛾？

莫非刹那之間，出現的就是群蛾之首，蛾王？

莫非蛾王出現的樣子，比他以前所看見的吸血蛾恐怖千倍萬倍？

由他的驚呼，到他的拔劍，到人劍齊飛，到燈光熄滅，到杜笑天的破門闖入，前後不過短短的片刻！

崔北海即使一劍擊出，人就被群蛾撲殺，人就被群蛾抬起，又如何能夠離開？

短短這片刻，崔北海簡直就像是化成煙霞，在書齋之內消失，在人間消失。

這簡直就是魔法，也只有魔法才能如此！

——天下間真的有妖魔鬼怪？

杜笑天掌燈木立，怔怔的瞪著桌上那灘鮮血，整個人，只覺得如同浸在冰水之中。

他額上卻有汗淌下，冷汗！

三月十六，杜笑天繼續搜索，搜索的範圍卻已擴展至整個聚寶齋。

參與搜索的除了傳標、姚坤之外還有十個捕快。杜笑天嚴禁事情外傳。

在未經證實之前，他絕不將這種邪惡的傳說在城中散播。
他雖然嚴禁，這個傳說還是迅速在城中散播開來。
聚寶齋之外終日聚滿了閒人，崔北海的朋友更紛紛到來探問。
是誰傳出去的消息？
杜笑天沒有時間追究這件事，也不容任何人阻礙他們的搜索。
整整的一天，他們搜遍整個聚寶齋，崔北海始終不見蹤影。
一個人即使死了，也應該留下一具屍體。
莫非那些吸血蛾非獨吸乾了他的血，還吃掉他的屍體？

三月十七，搜索的範圍擴展至全城。
不是杜笑天的意見，是太守高天祿的命令。
高天祿也是崔北海的朋友。
崔北海在這個地方，到底也是一個大財主，一個有相當身價的人。
這一來，全城都知道了這件事，也有不少人自動參加搜索。
搜索並沒有結果。

三月十八，高太守再搜索一次聚寶齋。

這一次並不是杜笑天統領群捕，是楊迅。

總捕頭楊迅終於出動，親自主持這一次搜索。

楊迅一直認爲自己遠比杜笑天精明，比任何人都精明。

杜笑天並不反對這種說法，楊迅在場的時候，他也很少有自己的意見。

他不是好名的人，也不在乎別人對自己如何說法。

十年來，他只知盡忠職守。

清晨的風如水般清冷，楊迅大踏步走在前面，一身鮮明的官服迎風飛舞。

他一步踏上門前石階，隨即一轉身，雙手「霍」一掠身上官服，目光旋即閃電一般身後一眾手下。

好不威風的一個姿勢。

杜笑天看在眼內，實在有些佩服，雖然他也是一個官，而且已經當了十多年，到現在爲止，仍然擺不出這種姿勢，顯不出這種官威。

楊迅接著一聲吆喝道：「誰與我進內通傳？」

杜笑天應聲兩步跨出，聚寶齋的門亦同時從裏面打開，一個小廝從裏面探頭出來。

楊迅的嗓子向來夠大，那一聲吆喝最少可以遠傳十丈。

杜笑天這邊還未與那個小廝說話，長街那邊就傳來一陣鈴聲。

鈴聲如急風疾吹簷前鐵馬，卻遠比風吹鐵馬動聽得多。

眾人不由自主的偏頭望去。

兩騎快馬正從轉角處竄去，疾風般奔來。

聲鈴是來自第一騎。

金鈴紫馬，淡紫色的長衫，雪白的披肩，黃金吞口紫鞘皮鞘的寶劍，馬上的騎士，年青英俊，簡直就像是微服出遊的王子。

常護花！

九　七星奪魄

常護花終於趕到來了。

鈴聲一落，紫馬在聚寶齋門前收住四蹄，常護花一掠披肩，「刷」地縱身下馬，左手旋即將披肩卸下在手中。

緊緊追隨在後面的崔義相繼亦滾鞍下馬，本來筆直的身子早已然挺不起來。

他的體力不比常護花，何況一連十二天，每一天都是大半天坐在馬上趕路？

馬他已換過兩匹，他的腰間還未跑斷已經值得慶幸。

他手牽韁繩，忙走到常護花身旁。

常護花沒有理會他，驚望著石階上的楊迅。

沒有事發生，又豈會大清早捕快群集在門前，縱然不是聰明，也應該看得出來。

──到底發生了什麼事情？

常護花想問，楊迅已一翻眼，瞪著他，道：「來者何人？」他雖然在打官腔，語聲並不兇。

常護花的衣飾並不像普通人家出身，對於非出身普通人家的人，他向來都不願開罪。

常護花不答反問：「你又是何人？」

楊迅自然的一挺胸膛，道：「這地方的總捕頭。」

常護花道：「楊迅？」

楊迅一怔道：「你也認識我？」

常護花道：「不認識，只是路上崔義與我提及。」

楊迅「哦」一聲，道：「你還未與我告上名來。」這個人無論說什麼都大打官腔。

常護花方待回答，崔義已一旁替他應聲答道：「楊大人，這位是我家主人的朋友……」

楊迅截口道：「叫什麼名字？」與崔義說話，他的官腔更打的十足。

常護花自己回答，道：「常護花。」

「常護花？」楊迅的語聲充滿驚訝，對於這個名字他顯然並不陌生。

杜笑天一旁即時上前兩步，道：「原來是常兄，崔兄日前已跟我說過，你會到來。」

常護花應聲偏過半面，上下打量杜笑天一眼，道：「可是杜笑天杜兄？」

杜笑天點頭道：「崔兄想必亦曾在你面前提過我。」

常護花道：「聽他說崔兄與你是很好的朋友。」

杜笑天道：「說到交情還沒有你與他的深厚，我與他認識不過這三兩年之間的事情。」

常護花道：「交情的深淺，並不在時日的長短，有些人一見傾心，有些人相識十年，始終是點頭朋友。」

杜笑天笑道：「你的說話並不是全無道理，不過他與你的交情無可否認是遠比我與他的交情來得深厚。」

常護花順口道：「何以見得？」

杜笑天道：「就現在這事來說，他始終不肯對我細說分明，卻早已準備給你一個坦白，由你找出事實究竟。」

常護花「哦」的一聲，一面疑惑。

他的確聽不懂杜笑天的說話。

杜笑天接道：「至於你，一接到崔義送來的消息，就趕緊上路，飛馬到這裏，若不是交情深厚，又焉會如此。」

常護花淡淡一笑，轉過話題道：「你們大清早群集門前，莫非聚寶齋之內發生了非常嚴重的事情？」

杜笑天道：「不錯。」

崔義一旁忍不住插口問道：「是不是我家主人出了意外？」

杜笑天尙未回答，楊迅那邊突然反問道：「你怎知你家主人出了意外？」

崔義一愕，道：「我只是推測。」

楊迅冷笑道：「你推測得準確。」

崔義不由得面色一變，驚問道：「我家主人現在到底怎樣了？」

楊迅不答他，卻問道：「你什麼時候離開聚寶齋？」

崔義道：「三月初七。」

楊迅接問道：「哪裏去？」

崔義道：「奉主人之命，送一封信到萬花山莊。」

楊迅又問道：「給何人？」

崔義轉顧常護花，道：「萬花山莊的莊主，也就是這位常爺。」

楊迅道：「其間可有私自折回來？」

崔義到現在才聽出楊迅是將自己當做嫌疑犯看待，苦笑道：「聚寶齋與萬花山莊之間，來回最快也要十一、二天。」

楊迅道：「是麼？」

崔義道：「楊大人若是不相信小人的話，盡可以派人調查一下，小人前後落腳的客棧，還沒有忘記，待會兒取過紙筆將那些客棧的名字寫下來。」

楊迅卻揮手道：「不必。」

崔義道：「楊大人這是相信了？」

楊迅道：「言之過早。」

崔義嘆了一口氣，方待說什麼，常護花已然道：「崔兄到底出了什麼事？」

他亦是問杜笑天。

杜笑天說道：「他已經失蹤有兩天多。」

常護花一驚，道：「可是十五那天晚上的事情？」

杜笑天道：「正是。」

楊迅隨即接上口，追問常護花道：「你怎知道事情發生在十五那天晚上？」

常護花淡應道：「因為兩天之前正就是十五，蛾王習慣在十五之夜，月圓之時才出現。」

這句話出口，楊迅、杜笑天不約而同變了面色。

楊迅迫視常護花，道：「你又怎知道蛾王當時曾經出現？」

常護花道：「誰說我知道了？」

楊迅道：「你不是說蛾王在十五之夜，月圓之時……」

常護花截道：「我方才的說話之中還有『習慣』兩個字。」

楊迅道：「蛾王的習慣你也知道？」

常護花道：「我既已知道吸血蛾的傳說，又豈會不知道蛾王這種習慣？」

杜笑天頷首道：「傳說中蛾王的習慣在十五之夜，月圓之時出現。」

楊迅又問：「你何以肯定崔北海的失蹤與吸血蛾這傳說有關係？」

常護花道：「我何嘗說過『肯定』兩個字？」

楊迅道：「你沒有說過。」

他轉口問道：「你怎麼知道那兩件事有關係？」

杜笑天插口問道：「是不是崔兄給你的那封信之中，已經提及月初所發生的怪事？」

常護花點頭。

杜笑天接問道：「他信上怎樣說？」

常護花道：「吸血蛾日夜窺伺左右，命危旦夕。」

杜笑天點一點頭，道：「所以你急急趕來？」

常護花道：「看來我仍是來遲了。」

杜笑天接著問道：「他還告訴你什麼？」

常護花道：「由初一到初六那六天所發生的事情他約略都有提及。」

楊迅目光一閃，又要插口追問，杜笑天的說話卻已接上。

「初二那天我與他在湖畔遇上兩隻吸血蛾，我給其中的一隻刺了一下這件事，他是否也有提及？」

「有。」

常護花反問：「是不是真的有這件事？」

杜笑天點頭，道：「絕對假不了。」

常護花動容道：「天下間竟然有吸血蛾那種東西？」

杜笑天道：「本來就有的。」

常護花道：「你說得好肯定。」

杜笑天道：「這因爲，我原籍就是瀟湘。」

常護花道：「哦？」

杜笑天道：「那種蛾就是瀟湘山野林間的特產。」

常護花道：「牠們真的會吸血？」

杜笑天輕聲道：「這一點我還不敢太肯定。」

常護花道：「從崔兄那封信看來，那種蛾，卻非獨會吸血，而且形態奇異而美麗。」

杜笑天道：「形態奇異而美麗這句話倒是真的。」

他一頓又接道：「即使沒有看見過這種東西，只聽牠們的幾個名字，已可以想像。」

常護花道：「牠們有哪幾個名字？」

杜笑天道：「在瀟湘，一般人都叫牠們做吸血蛾，但也有叫牠們做鬼面蛾、魔眼蛾、雀目蛾。」

常護花忍不住問道：「這種蛾到底什麼樣子？」

杜笑天道：「外形與一般蛾差不多，顏色卻與眾不同，通體青綠如碧玉，一雙翅亦是碧玉一樣。」

常護花笑道：「碧玉晶瑩而美麗，何恐怖之有？」

杜笑天道：「這碧玉一樣的蛾身蛾翅上卻遍布血絲一樣的紋理，在第二對翅之上更有一雙鮮紅如鮮血的眼狀花紋，牠的一雙眼亦是鮮血般鮮紅。」

常護花這才明白，道：「怪不得有那些名稱。」

杜笑天轉回話題，道：「那幾天所發生的事情，也實在太奇怪，太難以令人相信。」

常護花道：「我也有同感，世間何來妖魔鬼怪，他的妻子又怎會是一隻吸血蛾的化身？是一個蛾精？」

這種話出口，所有人都為之震驚。

楊迅失聲道：「誰說他的妻子是一隻吸血蛾的化身，是一個蛾精？」

杜笑天亦問道：「是不是他自己在那封信之上這樣寫？」

常護花一愕，道：「那天所發生的事情你似乎並非全部清楚？」

杜笑天並不否認。

常護花道：「你只是知道初一那天所發生的事情？」

杜笑天道：「初一那天晚上所發生的事情他也曾對我提及，由初三那天開始我便奉命外出，回來時已經是三月十四的傍晚。」

常護花道：「十四十五兩天你有沒有見過他？」

杜笑天道：「兩天都有……」

常護花截口問道：「見面的時候他可曾對你說？」

杜笑天搖搖頭，道：「問他，他都不肯說。」

常護花道：「聽方才你的說話，卻好像全都清楚。」

杜笑天面上微露歉意，道：「要不是如此，也套不出那番說話。」

常護花不怒反笑，道：「你在六扇門多少年了？」

杜笑天道：「十多年了。」

常護花道：「難怪連我也不覺被你套出說話來，你平日套取犯人的口供，用的想必也是這一套。」

杜笑天笑道：「不止這一套。」

常護花道：「以後與你們這一行的人打交道，我看得打起萬二分精神。」

杜笑天隨又問道：「崔兄在信上還告訴你什麼？」

常護花還未答話，楊迅那邊已迫不及待插口問道：「那封信還在不在？」

常護花道：「在。」

楊迅道：「你有沒有放在身上？」

常護花道：「沒有。」

楊迅道：「你將它放在什麼地方？」

常護花道：「萬花山莊。」

楊迅道：「萬花山莊什麼地方？」

常護花冷睨著他，道：「萬花山莊我的書房中。」

楊迅道：「我派手下去拿來。」

常護花淡淡的道：「除了我之外，沒有人能夠在萬花山莊我的書房中取走任何東西。」

楊迅愕在當場。

常護花也不與他多說什麼，轉顧杜笑天，說道：「崔兄失蹤的時候，是在什麼地方？」

杜笑天道：「聚寶齋的書齋之內。」

常護花道：「書齋之內當時可有其他人？」

杜笑天道：「沒有。」

常護花道：「書齋之外呢？」

杜笑天道：「有我與兩個手下。」

常護花道：「你們三人當時在書齋之外幹什麼？」

杜笑天道：「我擔心十五晚上他真的出事，所以一早帶來兩個手下，原是想助他應付一切。」

常護花道：「既然如此，你們怎麼不與他在一起？」

杜笑天道：「因爲他堅決拒絕。」

常護花道：「哦？」

杜笑天道：「他不想朋友冒險。」

常護花道：「所以你們三人就只等候在書齋之外？」

杜笑天點頭。

常護花接問道：「事情到底是怎樣發生的？」

杜笑天道：「我們三人當時守候在書齋外院中的那個亭子裏頭，監視著整個書齋，由初更到二更，由二更到三更，一切顯得非常平靜，可是一到了三更……」

常護花脫口道：「怎樣？」

杜笑天道：「書齋之內傳出他的一聲驚叫。」

常護花道：「你們聽得出，是他的聲音？」

杜笑天點頭道：「當時他的影子也正印在窗紙之上，驚呼聲一響，他人就長身暴起，劍同時嗆啷出鞘！」

常護花道：「他驚呼什麼？」

杜笑天道：「三個字——吸血蛾！」

常護花問道：「他拔劍出鞘之後又如何？」

杜笑天道：「人劍齊飛！」

常護花道：「七星奪魄，一劍絕命，縱使他這三年以來沒有再練劍，這一劍亦不是普通人所能抵擋。」

杜笑天道：「可惜這一次他對付的不是人。」

常護花急問道：「他一劍出手，又有什麼事發生？」

杜笑天道：「書齋的燈光突然熄滅，所有的聲響亦在那之間完全靜止，到我們三人破門闖入之時，他的人已經消失不見，就只是桌上被利器削成兩片的那盞燈之旁，留下了一灘鮮血。」

常護花道：「也許那是來敵的鮮血，他是將來敵擊退，乘勝追出去了。」

杜笑天道：「書齋所有的門窗都是在內關上，我們破門進入，是連門閂窗栓都撞斷，他如何離開？」

常護花皺眉道：「你們沒有弄錯？」

杜笑天說道：「我們已經一再檢查清楚。」

常護花沒有作聲，沉吟了起來。

杜笑天輕嘆一聲道：「除非那短短片刻，他便被吸血蛾連骨頭都吃光或者在蛾王蛾精的魔法之下灰飛煙滅，不然他就是還有穿窗入壁的本領，否則他絕對沒有可能離開書齋……」

常護花突然道：「書齋在什麼地方？帶我去看看。」

杜笑天還未來得及回答，崔義旁邊就搶著應道：「常爺請隨小人來。」他連隨趕步。看樣子他比常護花還心急。

常護花亦步亦趨。兩人迅速從楊迅身旁走過，並沒有理會楊迅，彷彿根本就沒有將他放在眼內。

楊迅這口氣如何噓得下，定眼看著他們，正想開聲喝止，杜笑天已走到他身旁，道：

「頭兒，我們也該進去了。」

楊迅應聲回頭，翻眼瞪著杜笑天，一副要罵人的樣子。

杜笑天鑑貌辨色，忙說道：「這個常護花名動江湖，武功機智，據講都不是尋常可比，有他從旁協助，事情必然容易解決得多。」

楊迅冷笑道：「沒有他從旁協助，難道事情解決不了？」

杜笑天道：「話不是這樣說，有捷徑可走就犯不著繞遠路，頭兒大概也想這件事早些解決。」

楊迅道：「你焉知我走的就不是捷徑？就不能將這件事早些解決。」

杜笑天淡淡的說道：「我只知我們現在還留在這裏，即使頭兒你一眼便能夠找出事情關鍵，就一步之差，怕被他們搶先發現。」

楊迅點頭道：「這才是道理。」

他立即回頭，一揮手，道：「兒郎們，還不隨我進去。」

一群捕快在楊迅率領之下，於是浩浩蕩蕩的直奔聚寶齋的書齋。

當然沒有人阻止，崔義常護花的進入也一樣。

崔義是崔家的管家，崔北海不在，除了易竹君，便到他了，這些事他還可以作主。

易竹君並沒有現身，很可能到現在仍未有人將說話傳入去，她仍未知道這件事。

東風滿院，撩亂花飛，一行人穿過花徑，楊迅忍不住又道：「我是這個地方的總捕頭，管他名動江湖，未經我許可，根本就不能踏進案發現場半步，否則我隨時可以用嫌疑犯的罪名將他拘控！」

杜笑天笑笑，道：「應該是可以這樣，只可惜崔家的人根本沒有投案。」

楊迅一怔。

杜笑天接道：「我們現在與他並沒有分別，同樣是以崔北海的朋友的身分進來，並不是查案，只不過來探朋友。」

一頓他又道：「現在崔北海不在，女主人或者崔義這個管家若是不歡迎我們留下，莫說進入書齋，就在這裏多待片刻，只怕也成問題，他們隨時都有權將我們請出去。」

楊迅道：「崔北海不是已經失蹤？」

杜笑天道：「他們說不是，我們又如何？」

楊迅道：「那他們就得將崔北海這個主人請出來與我們見上一面。」

杜笑天道：「他們若是說主人不想見客那又怎辦，再不然，就說主人外出不在家也一樣可以。」

楊迅道：「你不是親眼看見……」

杜笑天道：「片面之詞不足為憑，況且那件事是不是太難以令人置信？」

楊迅道：「這麼說……」

杜笑天道：「除非崔家的人立即就投案，又或者我們發現死屍，要不我們在這裏，始終是客人身分。」

楊迅嘟喃道：「這如何是好？」

杜笑天道：「由得常護花。」

楊迅道：「莫叫他占了這份功勞，教我們面上無光。」

杜笑天笑道：「他是一個江湖人，何功勞之有？」

楊迅道：「這也是。」

杜笑天又道：「即使是由他找出事情真相，對我們也是有利無害。」

楊迅摸了摸鬍，又是那說話：「這也是。」瞧他這表情，分明已有了主意。

杜笑天看在眼內，道：「不過爲了自己的顏面，我們這方面也得一盡心力，能夠的話最好就是搶在他前頭，先他將事情解決。」

楊迅點頭道：「這個還用說？」他連隨加快腳步。

入了月洞門，繞過院中的亭子，一行終於來到書齋。

楊迅杜笑天雙雙放步直入。

門仍在地上，碎裂的窗戶亦是，一切都保持原狀。

這個人做事實在非常小心。

常護花也很小心，並沒有移動任何東西，楊迅杜笑天進入之時，他正負手站在那張桌子的前面，正望著桌子上那一灘血漬。

血漬已發黑，崔義的目光卻是在常護花面上，人就在常護花的身旁。

常護花望著雙眉忽然一皺。

崔義看見，忍不住就問道：「常爺，你看這可是人血？」

常護花道：「我看就是了，不過舊血沒有新血的容易分辨，這最好還是問杜捕頭。」

他不必回頭，已知道杜笑天的進入。

杜笑天道：「那該是人血，但我同樣不能夠肯定。」

常護花道：「爲什麼不能夠？」

杜笑天苦笑道：「因爲我雖然見過吸血蛾，可是沒有見過吸血蛾的血，並不知道吸血蛾的血是不是和人血一樣！」

常護花轉問道：「事前你們沒有看見吸血蛾？」

杜笑天搖頭道：「沒有。」

常護花道：「事後又有沒有看見吸血蛾飛走？」

杜笑天又是搖頭，道：「也沒有，我們破門而入，一隻吸血蛾都沒看見。」

常護花道：「他的人卻就不見了？」

杜笑天點頭。

常護花目光環掃，道：「當時的書齋莫非就是現在這個樣子？」

杜笑天道：「一切我都盡可能保持原狀。」

常護花道：「這兩日之間，你們想必已將這裏徹底搜查清楚。」

杜笑天道：「已經夠徹底了。」

他四顧又道：「這書齋有多大地方，便將整個聚寶齋來一次徹底搜查，也不用一天的時間。」

常護花道：「聽你這麼說，你們已將整個聚寶齋徹底搜查過了。」

杜笑天點點頭道：「昨天我們搜索的範圍已經擴展至城中的每一個角落。」

常護花道：「可有發現？」

杜笑天道：「沒有，他就像一縷煙，一蓬灰，煙滅灰飛，已經不存在人間。」

常護花雙眉緊鎖，緩緩在室中踱起步來。他踱著，忽然喃喃自語地道：「密封的書齋，不過短短的片刻，那麼大的一個人，竟然在裏頭完全消失，簡直就像是魔法？」

杜笑天奇怪的望著他，道：「你也相信有所謂妖魔鬼怪？」

常護花淡淡應道：「不相信。」

杜笑天道：「然則，這件事你如何解釋？」

常護花沒有作聲，他實在不知道應該如何解釋，他腳步不停，靠著牆壁踱了個方轉。

十 玄機秘門

常護花的目光跟著他轉動，杜笑天忽然道：「有件事我幾乎忘了告訴你。」

常護花腳步一頓，道：「什麼事？」

杜笑天道：「十五那天晚上，我與兩個手下方到書齋門外，他就開門出來，與我說話。」

常護花忙道：「他如何說話？」

杜笑天道：「他告訴我已經派了崔義去萬花山莊請你，你就會到來。」

常護花道：「還有什麼？」

杜笑天道：「他又說已做了一份詳細的記錄將那十多天所發生的事情完全寫下來，連同一封信放在一起。」

常護花道：「放在哪裏？」

杜笑天道：「這他沒有說，他只說以你的智慧，應該可以將它們找出來。」

常護花不由苦笑。

杜笑天道：「找到那份記錄，據講便會明白事情的始末，亦不難找出他死亡的真相！」

常護花皺眉道：「這麼說簡直就是自知必死，明知道生命危險，怎麼他不找一個安全的地方暫避一夜？」

杜笑天道：「這是因爲他認爲無論走到什麼地方都是一樣。」

他嘆了一口氣，又道：「他似乎已經肯定那些吸血蛾就是妖魔鬼怪的化身，故老相傳，妖魔鬼怪豈非大都無所不知，無所不至？」

常護花不由亦嘆氣，道：「據我們所知道他這個人向來亦是不相信有所謂妖魔鬼怪，怎麼一下子，變成這樣？」

他張目四顧，接又喃喃自語道：「聚寶齋也不算一個小地方，想找一封信一份記錄，又談何容易？」

杜笑天說道：「這一點，你大可以放心。」

常護花道：「哦？」

杜笑天道：「他開門與我說話之前，方將那信封與那份記錄寫好，之後他並沒有踏出書齋半步，信與記錄應該就留在書齋之內。」

常護花道：「這就簡單得多了。」

杜笑天道：「我看就並不簡單。」

常護花道：「你們是不是曾經在這裏花過一番心機，卻並無發現？」

杜笑天默認。

常護花接口道：「你們之中可有懂得機關的人？」

杜笑天搖頭。

常護花又問道：「玄機子這個名字你可有印象？」

杜笑天道：「你說的可是被稱爲一代巧匠的那一個玄機子？」

常護花道：「就是那一個。」

杜笑天道：「那一個玄機子與他有何關係？」

常護花道：「他正是玄機子的關門弟子。」

杜笑天一怔，道：「倒沒有聽他說過這方面的事情。」

他旋即笑了起來，道：「即使他懂得機關，將那些東西放在機關內，我們那樣子搜索，就算那機關設計如何巧妙，亦應已被我們找出來。」

常護花笑道：「是麼？」

他目光旋即一落，道：「這地面可曾找過？」

杜笑天道：「只差沒將地面倒轉。」

「屋頂？」

「也已搜遍。」

「牆壁方面有沒有問題？」

「沒有。」

杜笑天環顧周圍，道：「這裏每一件東西我們都已一再專心檢查，若是有機關，裝置在什麼地方？」

「任何地方都可以。」

「哦？」

杜笑天一面懷疑之色。

常護花忽問道：「是不是因爲我的說話，你才想這地方可能裝置了機關？」

杜笑天道：「此前我已考慮到這種可能，只是並不肯定。」

常護花道：「是以此前的搜查，有很多地方你都可能因此疏忽過去，玄機子秘傳的機關也不是容易發現得到的。」

杜笑天道：「怎麼你如此肯定這裏裝置了機關？」

常護花道：「他的說話中，已經在暗示。」

杜笑天道：「你可是已發現了？」

常護花搖頭作答，又舉起腳步。

這一次，他的腳步移動的更加緩慢，目光卻變得凌厲非常。

他走走停停，在室中踱了一圈，竟一直走出門外。

杜笑天、崔義急追在他身後，楊迅一旁看在眼內，不由自主的亦跟了出去。

院中陽光已普照，花樹間的霧氣仍未盡散。

常護花門外轉過身子，倒退出三丈，已來到座亭子之前，其間距離兩尺都不到。

他卻似背後長著眼睛，立時收住了腳步，就站在那裏。

杜笑天連隨上前，道：「當夜我們也就站在這個亭子裏頭監視那邊書齋。」

常護花漫應道：「這個位置，實在不錯，惟一不好就是望不到書齋後面。」

杜笑天道：「幸好書齋後面的牆壁並無窗戶。」

常護花道：「最好也沒有暗門。」

杜笑天一怔道：「暗門？」

常護花卻沒有再說什麼，舉步走回書齋那邊。

杜笑天、楊迅二人步步相隨，竟好像變成了常護花的二個跟班。

常護花並沒有進入書齋，繞著書齋一路走過去。

書齋的周圍花徑縱橫，花開錦繡。

三月雖已過了大半，畢竟花開季節，早開的幾種花儘管已開始凋零，不少花才開始開放。

常護花卻無心欣賞，只是在書齋後面停留了片刻。

書齋後面有一朵薔薇，幾棵芭蕉。

風吹綻芭蕉兩叉，露滴濕薔薇一朵。

書齋正對著東方，初昇的旭日還照不到書齋後面。

露珠既未被蒸發，霧氣更濃重。

薔薇欲放未放的花，顫抖在風中，霧中，美麗而淒涼。

常護花的目光卻是落在薔薇花後的牆上，薔薇架下的地上。

停留了片刻，他便又舉步，繞過書齋的另一面，再一折，又回到書齋門前。

他的面上已有了笑容，腳步也變得輕快，彷彿繞著畫齋走了這一圈，已有所發現。

杜笑天跟在常護花身後，當然看不見常護花面上的笑容，卻立即發覺常護花腳步的輕快。

他腳步連隨加快，走到常護花身旁，道：「常兄，是不是已有所發現？」

常護花點點頭，腳步不停直入書齋。

楊迅在後面聽的清楚，看的分明，腳步立時也快了，入門的時候，已搶在杜笑天的前面。

常護花沒有理會他們，繼續前行，一直行到向門那面牆壁之前三尺才將腳步停下，目光也就落在那面牆壁之上。

那面牆壁之上掛滿了書畫，還釘嵌著兩幅老大的木刻。

兩幅木刻，一樣大小，都是半丈左右寬闊，一丈上下長短，分別釘嵌在牆壁左右。

左面的一幅刻的是一個千年觀音，右面的一幅刻的是一個彌勒佛。

刻工也算精細，卻並不像出自名家，也並不調和。

常護花左看看，右看看，又露出了笑容。

楊迅來到常護花身旁，冷眼瞟著常護花，那笑容自然看在眼中，即時道：「我看這面牆壁大有問題。」

常護花應聲轉過頭來，道：「你也看出來了？」

楊迅摸摸鬍子，沒有回答。

常護花接著道：「依你看，問題出在什麼地方？」

楊迅道：「就在這面牆壁之上。」

常護花淡淡一笑，不再問下去。

楊迅的表情雖然像亦看出來，那一問答，卻分明除了那牆壁之外，什麼都沒有發現。

杜笑天隨即上前，道：「常兄到底發現了什麼？」

常護花的目光又回到牆壁之上，道：「也就是這面牆壁。」

杜笑天的目光早已在牆壁之上，他一再打量，還是搖頭道：「這面牆壁看來並沒有什麼不妥。」

常護花道：「表面看來的確沒有什麼不妥，內容顯然真的大有問題。」

杜笑天道：「這牆壁之上莫非隱藏著一個暗洞。」

常護花說道：「也許是一個暗洞，但亦有可能隱藏著一扇暗門，連接牆後的暗室。」

杜笑天一怔，道：「牆後的暗室？」

常護花道：「牆後就算真的藏著一個暗室，也並不值得奇怪。」

杜笑天大笑道：「牆後只有幾棵芭蕉，一架薔薇。」

常護花忽問道：「你以爲這面牆壁有多厚？」

杜笑天道：「即使厚是兩尺，中空的地方只得一尺，一尺寬闊的地方，人根本難以立足，這難道也可以叫做暗室？」

常護花道：「四五尺寬闊又可以不可以？」

杜笑天驚訝道：「你是說這面牆中空的地方有四五尺那麼寬闊？」

常護花道：「只怕還不止。」

杜笑天不由問道：「你憑什麼這樣肯定？」

常護花道：「方才我在這書齋之內踱步之時，這書齋之內的長短寬闊已經心中有數，所以其後在書齋之外走了那一圈，就發覺了一件事。」

杜笑天追問道：「什麼事？」

常護花道：「書齋內外的寬闊雖然相差無幾，長短卻未免相差太大，書齋之內比書齋之外竟最少短了七八尺多，即使書齋前後的牆壁都是厚是尺多兩尺，還有那四五尺的地方，又去了什麼地方？」

杜笑天恍然大悟。

常護花道：「我原以爲書齋的後面，可能向內凹入了好幾尺，可是轉過去一看，並沒有這回事，那只有一個可能，失去的那四五尺地方，就是隱藏在這面牆壁之後。」

他以指輕叩那面牆壁，又說道：「除非是一個瘋子，否則以一個正常的人來說，絕對沒有理由將一面牆壁弄的七八尺那麼厚，是以這面牆壁必然中空，有得四五尺空隙，應該可以有一番作爲的了。」

楊迅聽到這裏，不覺脫口問道：「暗室在這面牆壁的後面，暗門又是在這面牆壁的什麼地方？」

常護花方待已答，杜笑天道：「以我推測，可能在壁上這兩幅木刻之後。」

常護花點頭道：「我也是這意思。」

他按著那幅彌勒佛的木刻，道：「一開始我便已懷疑這兩幅木刻。」

杜笑天道：「是不是這兩幅木刻與牆上掛著的書畫並不調和？」

常護花回頭望著杜笑天，道：「牆上掛著書畫根本已經不調和。」

杜笑天道：「我不懂書畫。」

常護花聽說反而奇怪起來，道：「然則你何以有那種不調和的感覺？」

杜笑天道：「這種木刻我並不是第一次看見……」

常護花道：「你通常在什麼地方看見這種木刻？」

杜笑天道：「廟宇。」

常護花道：「信佛的人家大概也會買來供奉。」

杜笑天道：「但也很少會放在書齋，而據我所知，他並不信佛。」

常護花點頭。

杜笑天接道：「我雖然早就已經有不調和的感覺，並沒有進一步懷疑，因爲這牆壁後面就是院子，那邊的牆壁上既沒有縫隙，更長滿青苔，絕不像有一扇暗門在上面，附近地面也沒有人走動過的痕跡。」

一頓他又道：「何況這些日子以來，他一腦子的妖魔鬼怪，改變了初衷，特別搬來這幅佛像的木刻，以鎮壓妖魔鬼怪亦不無可能。」

常護花道：「這兩幅木刻看來並不像最近才釘嵌在這上面。」

杜笑天道：「不清楚，在十五之前，我從未進過這個書齋。」

他的目光又落在那面牆壁之上，道：「那些書畫又如何不調和？」

常護花抬手指著其中的一幅畫，道：「你看這幅畫値多少？」

杜笑天苦笑。

完全不懂書畫的人，又如何看得出書畫的價値？

常護花道：「這幅畫不管拿到什麼地方，隨便都可以賣上二三千兩銀子。」

杜笑天脫口問道：「這到底出自誰的手筆？」

常護花道：「唐伯虎。」

杜笑天道：「怪不得。」

雖然不懂書畫，唐伯虎這個人他卻是知道的。

他左右望了一眼，道：「這裏一共有二十多幅書畫，就打個對折，每幅只賣它千來兩銀子，加起來已經三萬兩銀子過外，他卻是隨隨便便掛在牆上，莫非他的腦袋真有些問題？」

常護花淡淡道：「除了這幅唐伯虎的之外，其他的加起來你能夠賣上一百兩銀子，已經是你的本領。」

杜笑天道：「你是說其他的任何一幅最多値三四兩銀子。」

常護花道：「有四幅也許連一兩銀子都不値。」

杜笑天奇怪的望著常護花。

常護花道：「因爲那四幅都是出自他自己的手筆。」

杜笑天道：「看來你們果然是很好的朋友，所以才會對他的手筆這麼熟悉，一眼便認出來。」

常護花笑道：「這麼說，成爲他的好朋友似乎並不困難。」

杜笑天不懂常護花這句話的意思。

常護花彷佛已知道他不懂，接著解釋道：「那四幅畫上他都留下了名字，稍爲留意一下，就可以發現。」

杜笑天不禁一聲輕嘆，心中實在有些佩服了。

好像常護花心思這樣精細的人的確罕見。

常護花在這個書齋前後不過短短的片刻，這片刻的收穫竟然比他們整日的搜查還要多。

他們一群人整日搜索也根本就全無收穫。

常護花隨即又道：「你已然對書畫全無興趣，沒有在意也不奇怪。」

杜笑天忽然笑道：「他的畫真的連一兩銀子都不值？」

常護花道：「這是我定的價錢，在我的眼中，他的畫的確不值一兩銀子。」

他笑笑又道：「他的劍用得很好，畫可糟透了。」

杜笑天道：「據我所知他並不是一個不肯藏拙的人。」

常護花點頭道：「不單止珠寶，在書畫方面，他同樣很有研究，好像他這種識貨大行家，又豈會看不出這幅畫是唐伯虎的真跡。」

他的目光又落在唐伯虎那幅畫之上，道：「我還沒有見過人肯將這樣的一幅名畫隨便的掛在牆上，如果說目的在炫耀自己的財富，沒有理由只掛出這幅畫。不說其他，就唐伯虎的畫，早在三年前，他便已擁有三幅之多，那最低限度，便該將它們全部掛出來，但現在卻是掛出那些，豈非就絕不調和？」

杜笑天道：「價值相差那麼大，他的這樣做，是另有用意。」

常護花道：「暗門的開關倘若不是在那兩幅木刻之上，也許就是在這幅唐伯虎的古畫之後。」

話音未完，旁邊楊迅便兩步上前，掀起了那幅唐伯虎的古畫。

他非常小心，動作顯得緩慢而吃力，就像是捧著二三千兩銀子在手上。

常護花由得楊迅，目光隨著楊迅的舉動，落在那幅畫的後面的牆壁上。

牆壁上並無凹凸，也不見任何縫隙。

楊迅一怔道：「開關在哪裏？」

常護花上前兩步，上下打量了一眼，突然抬手在牆上曲指扣了幾下。

他的面上又露出了笑容，道：「果然在這裏。」

楊迅聽的清楚連忙問道：「發現了。在這裏？」

常護花道：「牆壁之內。」

楊迅道：「我這就找人來毀了這方牆壁。」

常護花道：「不必。」

他一笑，又道：「難得有這個機會，你們就見識一下玄機子秘傳機關的巧妙。」

他的手旋即一翻一拍，拍在那方牆壁的正中。

那一掌似乎並未用力，可是一掌拍下去，聲音卻異常沉實，他顯然是用內家掌力。

叮一聲異響，立時從牆壁之內傳出。

這一聲非常微弱，楊迅、杜笑天卻都聽得非常清楚。

常護花一掌拍出之時，他們已屏息靜氣。

整個書齋陷入一片靜寂之中，是以叮的那一下異響之後的格格之聲，也份外顯得響亮！

千手觀音彌勒佛兩幅木刻連同兩方牆壁應聲左右緩緩打了開來，這兩幅木刻竟就是兩扇門。

門內陰陰沉沉，看來就真的只得四五尺深淺。

四五尺之後果然又是牆壁，漆黑的牆壁。

門內之所以如此陰沉，顯然也就是因爲牆壁漆黑的關係。

兩旁更顯陰沉，逐漸陷入一片黑暗之中。

常護花左看看，右看看，怔在當場。

兩道暗門同時打開實在大出他意料之外。

一個暗室實在沒有必要在同一個方向裝設兩扇暗門。

難道這牆壁之後，竟然有兩個暗室？

這如果不是，哪一扇門才是真正的入口？還有的一扇門又有什麼作用？

十一 千手觀音

常護花不禁沉吟起來，杜笑天亦是一面詫異之色。

楊迅的目光卻轉到常護花面上，忽問道：「這些機關你怎麼這樣熟悉？」

常護花淡應道：「我與他既然是好朋友，當然很多時候走在一起，他懂的，我就算也懂多少，亦不是一件奇怪的事情。」

楊迅放軟了聲音，道：「這你說，我們應該從哪一扇門進入？」

常護花道：「我還未能確定。」

楊迅道：「其實，這也簡單，入錯了，我們盡可退回出來，轉由另一扇門進去。」

語聲甫落，楊迅就一步越過那幅千年觀音的木刻，跨進暗門之內。

常護花一眼瞥見，猛一聲暴喝：「小心！」

颼一個箭步趨前，一手抓住了楊迅的肩膀。

楊迅那一步還未踏實，就聽到了常護花那一聲暴喝，他一驚回頭，整個身子就已經給常護花拉的一旁飛了開去。幾乎同時，二三十支弩箭嗤嗤嗤的疾從暗門之內射出！

他們退得雖然迅速，並未能夠完全脫離弩箭所籠罩的範圍，旁邊來的三箭，品字形齊向楊迅的胸腹射到。

常護花右手抓著楊迅，左手卻空著，他眼快手急，左手一抓再抓，抓住了射來的其中兩箭！還有一箭！那一箭哧的射穿了楊迅腋下的衣服。

杜笑天看在眼內，大吃一驚，常護花亦不由捏了一把冷汗。楊迅卻給嚇慘了，一張臉剎那蒼白如紙，一雙腳亦已發軟，常護花一將手放開，他幾乎就跪倒地上。

杜笑天趕緊伸手將他扶住，道：「頭兒，傷的怎樣？」

楊迅捏著腋下衣服的箭孔，口張著，好一會才出得聲，道：「只是射穿腋下的衣服。」

他隨即倒轉頭，上上下下的打量了常護花一眼，道：「常兄有沒有受傷？」

常護花道：「沒有。」

楊迅吁了一口氣，道：「好在沒有，否則叫我如何過意得去。」

他緩慢站直身子，目光落在暗門前面的地上。幾支箭插在地上，箭鏃竟完全沒入磚中！箭鏃的銳利，力道的強勁可想而知，二三十支這樣的弩箭一齊射在身上，又是什麼結果？

楊迅機伶伶打了一個冷顫，回顧常護花，道：「幸虧你拉我一把……」

他實在很想說兩句多謝的話，可是一時間又不知道如何說才好。

那些多謝的話他雖然還未完全忘記，也已差不多的了。

常護花並不在乎，目光轉向杜笑天。

杜笑天緩緩蹲下半躍，拔起了插在地上的一支箭。這一拔相當吃力。杜笑天拔箭在手，不由變了面色。

常護花笑道：「你以爲地上鋪著是什麼磚？」

杜笑天輕嘆一聲，道：「我看得出那都是水磨青磚，所以才奇怪這些箭竟能夠射入磚中那麼深。」

他的目光又落在手中那支箭之上。

箭長不過一尺，箭鏃閃亮，箭身隱現烏光，異常沉重，整支箭，赫然還是鐵打的。

他反覆看了兩眼，才將箭放下，站起身子，又一聲輕嘆，道：「想不到他居然能夠造出這麼厲害的機關。」

常護花道：「我想得到。」

杜笑天道：「這因爲你們是老朋友，你早就知道他是玄機子的關門弟子。」

常護花道：「我所以也還知道玄機子一派的習慣。」

杜笑天道：「什麼習慣？」

常護花道：「無論什麼機關設計，必然附帶厲害的殺人機關，不先將機關關閉就進入，九死一生。」

杜笑天連連點頭，並不懷疑常護花的說話。楊迅更加相信，方才若不是常護花及時將他拉過一旁，現在已經是一個死人，死在機關的亂箭之下。

他心中猶有餘悸，嘟噥地道：「好好的一個書齋，竟然布置的機關重重，這小子不是心中有鬼的話，那腦袋只怕就真的成問題了。」

常護花笑道：「他的腦袋就真的有毛病，也只是一般人的心病。」

楊迅道：「哦？」

常護花道：「一般人不都是盡可能的將珍貴的東西收藏在一個既秘密，又安全的地方？」

楊迅點頭。

常護花道：「他只是在書齋之內弄一個既秘密，又安全的地方，以便收藏他那些珍貴的東西。」

楊迅道：「這小子有什麼東西需要這樣……」

「這樣」兩個字出口，他突然閉上了口。

他總算沒有忘記聚寶齋名符其實，崔北海所做的又是什麼生意。

杜笑天即時問道：「常兄有沒有辦法關閉那些機關？」

常護花道：「我試試能否找到控制的機鈕……」

楊迅截口道：「不必找了，機關已經發動過，箭已經射光，我們現在大可以放心進去。」他說得爽快，一雙腳卻穩站在那裏，動也不動。

常護花瞟著他，道：「你以爲就只得那一道機關？」

楊迅道：「難道還有其他的？」

常護花道：「我看就有了。」

楊迅不覺倒退半步，目光一閃，又道：「機關在這道暗門之內，其他的一道暗門想必才是真正的入口，看來，我們應該從那道暗門進入。」

常護花道：「你肯定那道暗門之內就沒有機關？」

楊迅沒有作聲。

常護花也不多說什麼，忽然走過去，抓起了一張椅子，用力擲了過去！

呼一聲那張椅子一飛半丈，飛過暗門，重重落在暗門之內的地上。

那張椅子一落下，那扇門就如同被人力推，颯地猛關上！

也就在那刹那，他們看見了刀光。無數把飛刀斜曳刀光，飛魚般在暗門之內交錯飛射！暗門一關上，刀光亦消失，破空聲，金屬著地聲，隱約仍可以聽到。

楊迅一張臉立時又白了。

杜笑天的臉色也不怎樣好，道：「這道機關比方才那道還要厲害，暗門一關上，阻斷了去路，也就只有挨刀子的了。」

常護花點頭道：「暗門之內不過四五尺地方，即使兵器在手，也施展不開。」

杜笑天道：「即使施展得開，也難以抵擋四面八方射來的飛刀。」

常護花點頭，目光仍然在那扇關上了的暗門之上。

暗門之上那幅彌勒佛的木刻還是老樣子。

常護花到現在才看清楚那個彌勒佛的表情。

那個彌勒佛張開大口，正在笑，笑得既慈祥，又開心。

杜笑天似乎是看著那個彌勒佛，忽的一搖頭，道：「這個機關想必就是叫做笑裏藏刀！」

常護花笑道：「幸好這只是一個木刻，如果是一個活人，我們就沒有進去，一樣有機會挨刀子。」

一個人若是彌勒佛一樣，一面的笑容，想給人一刀，的確很容易。機關是死的，人卻是活的。你不去觸動機關，機關絕不會走來殺你。人就不同了，無論在什麼時候，在什麼地方，都一樣能夠殺你。機關也本來就是人設計出來的東西。

杜笑天明白常護花的說話，笑笑道：「人本來就比機關更難防範。」

楊迅卻笑不出來，他左右望了一眼，目光落在常護花面上嘆息道：「兩道暗門內都有機關在，這你說，那一道暗門才是真正的入口？」

常護花道：「當然是這一道。」

他抬手指著釘嵌千手觀音的那一道暗門，道：「彌勒佛既然露出本來面目，封閉了他那一道暗門，我們也就只有這一道暗門可走了。」

楊迅苦笑道：「這位千手觀音雖然不是笑裏藏刀，卻會使人變成刺猬。」

常護花道：「我們不去觸怒它，也就成了。」

楊迅道：「你有沒有辦法，不去觸怒它？」

常護花道：「現在沒有。」

他突然蹲下身子，仔細一再打量那幅千手觀音的木刻。杜笑天的目光不覺亦落下。

楊迅也沒有例外，他仔細看了幾眼，什麼都瞧不出來，忍不住說道：「你在幹什麼？」

常護花沒有回頭，淡應道：「找尋控制的機鈕。」

楊迅道：「橫栓也許在裏面。」

常護花道：「如果在裏面，他自己如何進去？」

楊迅不由的臉龐一紅，沒有再作聲。

常護花接道：「玄機子無疑是一代巧匠，崔北海這個徒弟亦可謂青出於藍，早在多年前，他已能夠將門戶的栓子連接在壁內的機鈕之上，只要擊在壁上的力量足以震動壁內的機鈕，機鈕將栓子一縮，門戶就可以開啓，但在外仍要用手將門關上，要將控制機關的機鈕關閉，更就非用手推動不可，暗門附近的牆壁平滑一片，地面也是一樣，惟一可以藏下機鈕的，也就只有這扇門。」

他說著雙手開始在那幅千手觀音的木刻之上移動起來。

一開始移動他就生出了一種被人狠狠的盯著的感覺。

他也不知道怎會生出這種感覺，一雙手卻不由自主的停下。

在他的面前亦沒有任何人，只有一幅木刻。

千手觀音的木刻。

千手觀音全名其實是千手千眼觀音。根據伽梵達摩千手經所記載，這個觀音左右各具二十手，手中各一眼，合共四十手四十眼，配三界二十五有，遂成爲千手千眼，以示廣度眾生，有無限之大用。現在這個千手觀音的木刻，手眼居然也各有四十，一如千手經上的記載，不多也不少。就連坐的姿勢亦是千手經上的記載一樣，其中的三十八手日輪般身後張開，本來的兩手卻成母陀羅臂，結印在膝上。

常護花那雙手現在也正就按在這個木刻千手觀音的膝上。

他怔怔的瞪著這個千手觀音的木刻，彷彿在想著什麼。

杜笑天正想問，常護花那雙手已經又開始移動。

他的手順著千手觀音那雙母陀羅臂上移，眼卻死盯在千手觀音上那雙清淨寶目之上。

他立時發覺千手觀音那雙清淨寶目之中的瞳仁，竟在他的手移動同時，起了顫動，就像是怪責他的褻慢，不住的朝他瞪眼。

「原來是你這雙眼在盯著我！」他一聲輕笑，就拿著那雙母陀羅臂左右上下搖動起來。

那雙母陀羅臂也竟是活動的。

左右下都沒有反應，但到他將那雙母陀羅臂由下往上一托，「格」一聲，千手觀音那雙清淨寶目之中的瞳仁便從眼眶內彈出。

瞳仁並沒有飛彈，只是彈出了半尺，在瞳仁之後，赫然相連著是半尺長短的木條。

常護花鬆開那雙母陀羅臂，握住了那雙瞳仁。

著手冰涼，那看來像木，事實全都是鐵打。

常護花也就推動那雙瞳仁。

當他將那瞳仁由左方推到右方，暗門之內，暗室之中由後傳出一陣異常奇怪的聲響。

那種聲響就像是一群老鼠正在用爪牙撕噬著死屍。靜寂中那種聲響份外清楚。本來已經恐怖的聲響靜寂中卻也是更覺恐怖，就連常護花，聽著亦不禁打了一個寒噤。

他的面上，卻露出笑容，一拍雙手，緩緩站起身子，道：「現在，我們可以進去了。」

楊迅問道：「你是否已經將裏面的機關完全關閉？」

常護花道：「也許在裏面他另外還有安排，但走進這道暗門，以我看，應該不成問題。」

他雖說不成問題，楊迅還是沒有舉步走前去。

常護花自己其實也不敢太肯定，退後了幾步，又抓起一張椅子，使勁擲進暗門內。

「砰」一聲，整張椅子碎裂在暗門內的地上。

楊迅驚弓之鳥，應聲一旁跳開。

這一次暗門之內沒有弩箭射出，什麼反應都沒有。

常護花這才真的放下心，一笑舉步，一直走過去。

崔義第一個跟在他身後。

杜笑天亦自舉步，但兩步走過，便已給楊迅搶在前頭。

楊迅卻不敢繼續越前，就跟在常護花崔義的後面。

這個人雖然好大喜功，畢竟也是一個聰明人。

暗門內依舊陰陰沉沉。常護花才一步跨入，突然停下。

楊迅一眼瞥見，只當常護花突然又發現危險，趕緊一旁跳開。

他這個動作，倒嚇了杜笑天一跳，脫口一聲輕叱：「小心！」

楊迅也是那麼想。

無論誰看見楊迅那樣子，都不難那麼想。常護花卻絲毫不見慌，他緩緩回頭，道：「杜兄，勞煩你替我那邊桌上的油燈拿來。」

他突然停步，原來是這個原因。

杜笑天「哦」的一聲，回身走向桌那邊。

他沒有任何說話，也不作任何表示，對於方才發生的事情，彷彿已完全忘記。

常護花亦是一副若無其事的樣子，並沒有理會楊迅，似乎根本就不知道楊迅方才在他後面做什麼。

楊迅所以才沒有那麼難受。

他緩步走向原來立足的地方，靦腆道：「我還以爲你又發現了機關。」

常護花一笑未答，杜笑天已然將燈送來。

他也就索性將話省回，燃著燈火，手掌油燈走入暗室。

明亮的燈光之下，常護花看得非常清楚。

暗室果然就只得四五尺深淺，寬闊卻足足兩丈多。

左轉六尺不到，是一面牆壁，隔斷彌勒佛那邊的暗門，右轉的盡頭也是牆壁室，牆壁前大半丈的地面卻下陷，一道石級，斜斜往下伸展。

石級的下面隱現燈光。

四面的牆壁完全漆黑，牆壁之上一個個小洞，洞口露著半截箭頭，映著燈光，寒芒閃爍。機關若不是先行關閉，一跳入暗室，觸動了機關，弩箭勢必就從那些小洞中射出。

那麼狹窄的地方，自然，放不開手腳，即使有一身本領，亦難以抗拒四面射來的弩箭。

除了那些箭洞之外，四面的牆壁並沒有任何陳設。

這個暗室原來不過是一條暗道。

楊迅一步踏入，看見那些箭洞，箭洞中寒芒閃爍的弩箭，一雙腳不由就開始軟了，連隨又問道：「常兄，那些機關是否已經完全關閉？」

常護花人已在石級前，頭也不回道：「我現在是不是很好？」這句話說完，他就踩下了石級。

楊迅這才放心走前去，一切的機關看來真的已經完全停頓。

杜笑天跟在楊迅後面，一面的不耐之色，但還是忍住。早在多年前，他便已懂得忍耐。也就因爲懂得忍耐，所以他才能夠成爲一個出色的捕快。

石級並不長，才不過三十級。

石級的盡頭，有一道石門，赫然已左右打開，燈光就是從暗門之內透出。

——莫非，這道石門亦是由機關控制，機關關閉，這道石門就開啓？

常護花在石門之前停留了片刻，才舉步跨入燈光之內。

燈光淡澹如曉月。

入門是一個石室，寬敞的石室。這個石室，幾乎有上面的書齋那麼大小。

石室的陳設異常美麗，四壁張著織錦的幟幕，地上厚厚的鋪著殷紅如鮮血，輕柔如柳絮的絨氈，走在上面，完全聽不到腳步聲。

燈在石室的中央，八盞長明燈，七星伴月般嵌在一個環形的銅架上。

銅架卻是勾懸在石屋的頂壁下，七星無光，一月獨明。

八盞燈只是燃著了正中的一盞。

燈環下正放著桌椅，一桌七椅，亦是七星伴月排列。

這套桌椅顯然就是精品之中挑選出來的精品。

石室四壁錦幟下的几子都是。二三十張几子擺放在石室的周圍，形狀各異，上面擺放著的珠寶玉石，同樣是沒有一樣相同，但顯然都是價值非常的珍品。

雞蛋一樣大小的明珠，烈焰一樣輝煌的寶石……一室的珠光寶氣。

八盞長明燈若是一齊大放光明，這寶氣珠光必然更輝煌，更奪目。

就現在這般寶氣珠光，楊迅杜笑天崔義三人已經難以抗拒。

三個人一時間全都目定口呆，怔住在當場，只有常護花例外。

他掌燈繼續前行，那副表情簡直就像是完全不將那些珠寶玉石放在眼內。

繞著石室走一圍，他忽然在桌旁的一張椅子上坐下來，手中燈「篤」一聲連隨在桌上放下。這個石室更靜寂，「篤」的這一聲也因此份外響亮。

楊迅杜笑天崔義三人也就被這一聲驚醒，三人的目光不約而同一齊落在常護花的面上。

常護花卻只是望著崔義，忽問道：「你以前有到過這裏？」

崔義搖頭道：「沒有，我還是第一次知道書齋的下面有這樣的一個密室，否則我既然不懂得如何控制那些機關，也不至於只懂得袖手旁觀。」

常護花凝目頷首，沉吟道：「連你都不讓知道，對於其他人，我看他更加不會透露的了，再加上重要機關，這個地方可謂既秘密，又安全，用來收藏這些珍貴的珠寶玉石，倒是最適當不過。」

楊迅插口道：「他若是將自己關在這裏，豈非安全得很？」

常護花道：「應該是的。」

楊迅道：「也許當夜他突然失蹤就是躲進這裏。」

杜笑天接道：「當時我們並沒有聽到任何聲音。」

楊迅道：「他倉惶逃進這裏，自然是屏息靜氣，不敢再弄出任何聲響。」

杜笑天道：「我與傅標姚坤衝進書齋之時，他總該知道，總該出來。」

楊迅道：「也許，他當時已經在這個石室之中，已經將石門關上，他根本聽不到。」

不等杜笑天表示意見，他隨即又道：「也許他當時已經昏迷過去。」

杜笑天道：「就算昏迷，也有醒來的時候。」

楊迅道：「這個還用說。」

杜笑天道：「由事發之時開始，到第二日的黃昏，書齋內，都有我們的人留守著。」

楊迅道：「也許他昏迷了三天三夜，也許他當時已經……」話說到一半，他突然住口。

常護花替他說了出來：「也許他當時已經死亡。」

楊迅道：「一個人已經死亡，自然就全無反應，也不會出來了。」

常護花道：「一個人即使死亡，仍有一樣東西留下來。」

楊迅道：「什麼東西？」

常護花道：「屍體。」

石室中並沒有崔北海的屍體。

崔北海若是死在這個石室內，屍體亦應還在石室中。

楊迅目光一掃，手一指，道：「屍體也許藏在那些箱子內。」他手指著牆角堆放著的幾個箱子。

常護花循指望去，忽問道：「你見過屍體走路沒有？」

屍體若不會走路，又怎會藏進箱裏？

楊迅搖頭道：「我沒有見過。」

他接道：「在進入箱子之前，他未必已經死亡。」

常護花道：「你是說他自己走進箱子，然後死在箱中？」

楊迅點頭。

常護花道：「這個石室已經夠安全的了。」

楊迅道：「那些吸血蛾在他負傷躲進這個石室之時，也許亦尾隨進入，他沒有辦法，最後，唯有躲進箱中去。」

常護花忽然笑了起來，道：「你當他是個妖怪？」

楊迅一怔道：「這句話什麼意思？」

常護花笑道：「他如果不是妖怪，又怎能躲進箱子全都用一把大銅鎖鎖上。」

他居然面不改容，道：「鎖並不是他自己鎖上去的。」

常護花道：「不是他又是誰？」

楊迅道：「也許是那些吸血蛾。」

常護花道：「這是說，那些吸血蛾就是妖怪的了。」

楊迅道：「也許。」

常護花一笑。

到現在爲止，他仍然沒有見過那所謂吸血蛾，對於這些事情他實在不願置議。

楊迅接道：「怎樣也好，我們現在似乎都得將那些箱子打開來看看。」

這一點，常護花倒不反對。

箱子先後打開了，那些大銅鎖竟然全都只是虛鎖，他們根本無須先找到鑰匙，也不必用強，隨隨便便的就將那些箱子完全開啓。

一共是七個箱子，鐵箱子。其中的四箱，載滿了黃金白銀，還有的三個箱子卻滿載珠寶玉石。這三箱珠寶玉石，每一件的價值看來都不在擺放在几子上的任何一件珠寶玉石之下。

楊迅、杜笑天不由得又目定口呆。崔北海的財富，實在大出他們意料之外。

楊迅是忍不住一聲驚嘆：「這附近要說富有，第一個我看就得數他的了。」

崔義亦怔住那裏，雖然是崔北海的管家，對於崔北海的財富他分明並不清楚。

常護花卻是面無表情，似乎早已知道，卻又像對於這些漠不關心。

箱內也就只有黃金白銀珠寶玉石並沒有屍體，甚至死人骨頭沒有一塊。

楊迅好容易才將目光收回，摸摸下巴道：「也許那些吸血蛾吸乾了他的血之後，連他的肌肉，連他的骨頭吃光了。」

常護花淡應道：「哦？」

楊迅自己也不肯定，想想又轉過話說，道：「也許這個石室還有其他地方可以出入。」

十二　煙雨濛濛

石室並沒有其他可以出入的地方。

他們將四壁高張的錦繡掀起，甚至連鋪在地上的氈絨也一塊塊翻開，都毫無發現。

四人終於停止了搜查。

常護花走回原處坐下，又望著楊迅。

這一次楊迅再無話說。

常護花等了片刻，楊迅仍不作聲，才開口問道：「你還有什麼也許？」

楊迅嘆了一口氣，道：「沒有了。」

常護花說道：「那麼，聽聽我的也許如何？」

楊迅道：「正要聽聽你的意見。」

常護花道：「也許在一聲驚呼之後，他便躲進這裏來，到書齋沒有人了，就在內打開暗門悄悄離開。」

楊迅瞪著常護花，正想說什麼，常護花已接道：「這其實是最合理的解釋，否則……」

楊迅道：「否則怎樣？」

常護花道：「我們就得接受吸血蛾的事實。」

杜笑天一旁突然插口道：「聽你說話的口氣，似乎在懷疑吸血蛾的存在，一切都是虛構出來？」

常護花道：「我是這樣懷疑。」

杜笑天道：「那樣你對他似乎並沒有好處。」

常護花笑笑，道：「也許他悶得發慌，跟我們開開玩笑。」

杜笑天聽得出常護花在說笑，一笑不語。

楊迅卻認真的道：「據我所知他並不是一個喜歡開玩笑的人。」

常護花道：「我也知道他不是。」

他張目四顧，隨連道：「我們似乎忘記了進來的主要目的。」

他們進來的主要目的原是爲了找尋崔北海那一份詳細的記錄。

杜笑天一言驚醒，道：「那一份記錄我看他就是收藏在這個地方的了。」

常護花點頭道：「在這個書齋我看還沒有第二個比這個石室更安全，更秘密的地方……」

楊迅迫不及待的截口問道：「記錄在哪裏？」

常護花道：「遠在天邊近在眼前。」

他的目光轉向身旁的桌子。

桌面上正放著十多卷畫軸，下壓著一封信。

每一卷畫軸之上都寫有字，卻不是「野渡無人舟自橫」「斷虹遠飲橫江水」之類的畫題，而只是日期。

「三月初一」「三月初二」「三月初三」……「三月十四」！

這莫非就是他們要找尋的那份記錄。

楊迅杜笑天崔義三人，不約而同圍上來。

常護花亦自站身子，卻先將那封信拿在手中。

那封信卻不是崔北海留給他，信封上寫的很清楚，由他暫時保管，在崔北海死後面呈太守高天祿拆閱。

杜笑天看在眼內，亦自在懷中將崔北海十五那天晚上交給他的那封信拿出來。

一樣的信封，一樣的筆跡。

常護花奇怪的望著杜笑天。「這又是什麼回事？」

杜笑天連忙給他解釋，重複崔北海十五那天晚上的說話。

常護花靜靜聽著，一直到杜笑天說完才道：「這個人做事向來就這樣謹慎。」

杜笑天點點頭，將信收起。

常護花亦將他那一封信收入懷中，道：「在未證實他的死亡之前，他這兩封信，你我還是各自保管，待證實之後，才一齊呈與太守對照！」

杜笑天道：「他也正是這個意思。」

常護花隨即拿起了寫著三月初一的那卷畫軸道：「現在該看看這些記錄的了。」

說著他就將那卷畫軸在桌面上攤開。

畫布上果然沒有書畫著畫，只是寫著字，記載著三月初一那天所發生的事情。

三月初一那天的晚上，崔北海第一次看見吸血蛾。

七星奪魂，一劍絕命，但是七星絕命劍出手，卻未能將那隻吸血蛾擊殺。

劍一到，那隻吸血蛾便幻滅，魔鬼般消失。

崔北海的畫不好，字同樣很糟，忽忙中寫來，措辭方面更就不用說。

字固無足輕重，修辭也一樣，因爲這十四天以來他的遭遇，就隨便寫來，已足以令人看的心驚動魄。

事情的發生，本就已動魄驚心。十四卷畫軸，詳細的寫著十四天發生的所有事情。

一卷正好就是一天。

淒迷的燈光下，字裏行間彷彿散發著一股妖氣。

詭異的妖氣，恐怖的妖氣。

四人不覺都先後打了一個寒噤，目光卻再也無法離開。

三月初一，三月初二，三月初三……

開始的三卷，常護花只是慢慢攤開，字字細讀，到了第四卷，動作不覺便快了，越來越快。

杜笑天、楊迅、崔義三人的眼睛，居然全都跟得上常護花的動作。十四卷畫軸讀盡，常護花幾乎就喘不過氣來。杜笑天三人更幾乎窒息。妖氣彷彿已然從畫軸透出，在石室瀰漫起來。常護花將那第十四卷畫軸放下，一雙手雖然不至冰般凍，卻已經水般冷。

杜笑天、楊迅的面色亦發白，崔義一個身子更顫抖起來。

他們都已感覺崔北海那一份恐怖。

四人竟全無話說，也沒有任何動作，就像是全都已在妖氣中凝結。

也不知過了多久，杜笑天終於打破靜寂，道：「這原來關係他妻子的清白，難怪他難以啟齒。」

楊迅連隨道：「他那個妻子難道真的是一個吸血蛾的化身，是一個蛾精？」

杜笑天沒有回答，也不知應該怎樣回答。

崔義即時叫了起來：「我絕不相信這是事實。」

又有誰相信？

楊迅苦笑道：「你絕不相信，豈非就是肯定你的主人在說謊？」

崔義怔住在當場。

楊迅轉顧常護花，道：「常兄又認爲如何？」

常護花嘆了一口氣，沒有作聲。

他同樣不知道應該如何說話。

崔北海的腦袋如果有問題，實在沒有可能寫得出這份記錄。

難道這畢竟是事實？又一陣沉默。

杜笑天再次打破靜寂，這一次卻只是嘆了一口氣。

常護花的目光應落在杜笑天面上，忽然道：「杜兄，這兩天你有沒有見過他那個妻子？」

杜笑天一怔，道：「易竹君？」

常護花奇怪的道：「除了易竹君之外，他不成還有第二個妻子。」

杜笑天搖頭道：「沒有。」

常護花道：「然則何以我一問起她，你就這麼奇怪？」

杜笑天道：「我只是奇怪你突然問起她。」

常護花道：「問起她，當然有原因，你先回答我再說。」

杜笑天道：「十六那天晚上，她知道了崔兄失蹤，曾經走來書齋向我打聽，昨日傍晚我前來探問崔兄有沒有回家，也是她接見我。」

常護花道：「這就真的奇怪了。」

杜笑天苦笑道：「奇怪什麼？」

常護花道：「你不明白？」

杜笑天搖頭道：「最好你說清楚。」

常護花道：「方才你看過那份記錄的了，你難道不覺得記錄中的部份語句太激動？」

杜笑天點頭。

常護花接道：「那份記錄驟看之下，不難發覺，他的心中存著非常可怕的念頭。」

杜笑天道：「什麼念頭？」

常護花沉聲道：「他很想殺死易竹君與郭璞！」

——他們如果真的是存心害我，就絕不能對他們客氣，無論是人抑或是蛾精，都非殺不可？

崔北海在三月十二那卷畫軸之上確是曾經這樣表示。

杜笑天也有記憶，點頭道：「不錯，他是有這個意思。」

常護花接道：「也許我說得過份，照記錄看來，他對於吸血蛾這種東西顯然深存恐懼，可能就因此腦袋出了毛病，將自己的妻子看成吸血蛾。」

楊迅道：「這若是事實，易竹君只怕活不到現在。」

杜笑天道：「他如腦袋出了毛病，易竹君死亡，他的失蹤反而就不難理解。」

他打了一個寒噤，接下去道：「因爲大可以說是他將易竹君當做吸血蛾殺掉，畏罪躲起來。」

常護花道：「如此更可以將記載中的種種怪事，完全當做是他的胡思亂想。」

他說著忽然搖頭，語聲一頓又接道：「問題是那些吸血蛾，郭璞易竹君雖然都沒有看見，卻也並不是只有他一個人看見，除了他，還有你。」

杜笑天斬釘截鐵的道：「我的確看見，三月初二與十四兩日的記載，的確是事實。」

常護花微喟道：「所以才成問題。」

楊迅又插口問道：「那麼應該如何解釋？」

常護花道：「最合理的解釋就是，他們三人中一定有人說謊！」

楊迅瞟了杜笑天一眼，道：「你說的他們三人是指哪三人？」

常護花道：「崔北海、易竹君，和郭璞。」

他隨即補充一句：「這只是推測，在未看見那些吸血蛾之前，對於吸血蛾作祟這種可能，我們暫時也不完全否決。」

楊迅道：「那麼，我們現在應該怎樣做？」

常護花道：「無論如何先將崔北海找出來，除非那些吸血蛾非獨吸血，連他的骨頭，連他的肌肉都吃光，否則，即使他已經變成一個死人，也應該有一具屍體留下。」

楊迅脫口道：「屍體在哪裏？」

常護花不禁失笑，說道：「我如何知道？」

楊迅也知道自己失言，連忙道：「我們到處再小心找找，說不定，這一次能夠找出來。」

常護花道：「在找尋屍體之前，我們得先見兩個人。」

楊迅道：「誰？」

常護花道：「易竹君、郭璞，在他們口中，我們或許就能夠有一個明白。」

楊迅道：「他們也許真的一如崔北海懷疑，是吸血蛾的化身，是蛾精！」

常護花道：「事情只有更簡單！」

他緩緩轉過半身，道：「在我們離開書齋之前，我將會封閉這個石室。」

楊迅道：「應該這樣做，我也會派幾個手下，輪流在外面防守，這麼多金銀珠寶，要是失去了，誰也擔不起這個責任。」

常護花道：「金銀珠寶倒是其次，最怕不知道這裏的人，無意闖進來，觸動其他的機關。」

楊迅吃驚問道：「這裏還有其他的機關？」

常護花道：「玄機子那一派的機關設計，據我所知絕不會只是一道兩道。」

楊迅倏的笑起來，道：「我們不是已走遍整個石室，又何嘗遇上危險。」

常護花道：「這也許那些機關一時失靈。」

他轉顧那邊入口，道：「就拿入口那道石門來說，應該是裝置了機關，緊緊的閉上，可是我們進來的時候，門卻已大開，豈非一個很好的例子。」

楊迅不由自主的點頭。常護花又道：「那些機關也許就是一時失靈！」

這句話說出口，門那邊突然傳來了「格格格」的一陣異響。

常護花當場面色一變，道：「我們快離開這裏。」

他聽到，楊迅三人當然也聽到。

聽他這一說，楊迅的臉龐立時青了，第一個奔了過去。

常護花是最後的一個，他才踏出石室，那道石門便已緩緩在內關閉。

杜笑天眼都直了，道：「這到底是怎麼回事？」

常護花瞪著那道石門，搖頭道：「我也不清楚，或者那些失靈的機關現在已經回復正常。」

楊迅那邊叫起來，道：「簡直就像妖魔鬼怪在作祟一樣。」

語聲從上面傳來，他的人赫然已經在上面那幅千手觀音的木刻旁邊。

這個人一驚之下，跑起來簡直就比馬還快。

人的心難測，天何嘗易測。本來明朗的天空不知何時已經變得昏暗。一天的亂雲。

陽光亂雲中漏出，淡而散。雲來雨亦至。如絲的細雨，煙霧一樣的細雨。

庭院的朝霧方被陽光蒸發，現在又陷入雨煙中。庭院中那座小樓，當然亦在雨霧中淒迷。人，並沒有例外。

小樓人影淒迷，和煙和霧，化作一庭幽怨。

人獨坐窗前。

人本來年輕，青春卻似已消逝，就只有一雙眼睛，猶帶著青春熱情，閃亮的眼瞳，一如兩團黑色的火焰，仍然在燃燒。

易竹君！常護花遠遠的看見易竹君，心頭不知何故就蒼涼起來。

杜笑天、楊迅，甚至追隨他們左右的十幾個捕快，也似乎被這一庭幽怨感染，神態也變得落寞。只有一個人例外，崔義！

崔義一面的憎惡之色。這是因爲崔北海那份記錄影響。

一個忠心的僕人對於謀害自己主人的兇手當然不會有好感。憎惡中隱現恐懼。

那份記錄如果是事實，易竹君就不是一個人，是一隻吸血蛾的化身，是一個蛾精的了。

這無疑是一件嚇人的事情。事情現在卻未能夠證實。

崔義總算還沒有忘記這一點，還明白易竹君現在仍然是什麼身分。

是以進入內堂，他雖然大不願意，依舊先走到易竹君的面前請安。

易竹君淡淡的望了他一眼，道：「這幾天你到哪裏去？」

崔義道：「奉主人之命，走了趟萬花山莊。」

易竹君道：「是主人吩咐你去的？」

崔義頭低垂，道：「是。」

易竹君連隨問道：「主人派你去萬花山莊幹什麼？」

崔義道：「請一位朋友到來。」

易竹君「哦」的一聲，問道：「哪一位？」

崔義道：「萬花山莊的莊主，常護花常大爺。」

易竹君想想，道：「人到了沒有？」

崔義道：「已到了。」

後面的說話尚未接上，常護花便自跨進大堂，兩三步上前，作揖道：「常護花見過嫂嫂。」

這來得未免太過突然。

易竹君慌忙起身回以一禮，正想說什麼，常護花又道：「崔兄大概還沒有在嫂嫂面前提過我這個人。」

易竹君道：「提過一兩次。」

說話間，楊迅杜笑天已然相繼進入。

易竹君瞟了他們一眼，道：「楊大人、杜大人也來了？」語氣雖然驚訝，面容卻無變化。

她出身青樓，認識楊迅也並不奇怪。

楊迅、杜笑天各自一揖，卻還未開口，易竹君已接道：「兩位大人這麼早到來，莫非已有了消息？」

楊迅搖頭，心中卻在冷笑。

——你這個女人，倒裝的若無其事。

這句話他當然更不會出口。

杜笑天一旁旋即問道：「嫂夫人這方面又如何？」

易竹君道：「還是不見蹤影。」

常護花接口問道：「崔兄失蹤的那一天，嫂嫂有沒見過他？」

易竹君不假思索，搖了搖頭，道：「沒有。」

常護花道：「然則嫂嫂最後的一次見他，是什麼時候？」

易竹君道：「三月十三。」

常護花道：「崔兄當時有沒有說過什麼？」

易竹君又是搖搖頭，說道：「什麼都沒有說，遠遠看見我，就慌慌張張的回頭走。」

常護花沉吟起來。根據記錄的記載，崔北海在三月十三的那一天曾經走遍整個莊院，到處搜尋證據。

他沉吟著道：「三月十二那一天又怎樣？」

易竹君沒有立即回答，上下打量了常護花一眼，忽然道：「叔叔與官門中人，想必時常有來往。」

常護花一怔，莞爾道：「嫂嫂這是指，我方才的說話就像是審問犯人一樣？」

易竹君道：「不敢。」

她接道：「由月初開始，你這個兄弟的言行大異平日，一連十多天，不時的嚷著看見什麼吸血蛾，有時更鬧得天翻地覆，連窗戶都拆掉，我實在擔心他的健康，所以在十二的那一天，找來了我的表哥郭璞替他檢驗一下，卻發覺並無不妥，但到了一起用膳之時，才挾了一個水晶蜜釀蝦球進口，就嘔吐起來，說那些水晶蜜釀蝦球是吸血蛾球，狂笑著奔了出去。這就是那一天發生的事情。」

易竹君的敘述與崔北海的記載並無出入。

常護花聽說又沉吟起來。

易竹君亦沒有再多說什麼，只是望著常護花。她的面色異常的蒼白，簡直就全無血色。

蒼白中隱泛玉青。

杜笑天、楊迅、崔義偷眼望清楚，也不知怎的，竟由心寒了出來。

——這個女人莫非真是一個蛾精？

連常護花不覺也起了這種念頭。

易竹君卻似乎並沒有覺察，一張臉始終木無表情，就像是一個活屍。

常護花沉吟了片刻，倏的嘆了一口氣，道：「嫂嫂，我們有個不情之請。」

易竹君道：「叔叔無妨直說。」

常護花道：「我們準備搜搜這個內院，未知嫂嫂能否答允？」

易竹君左右瞟了一眼杜笑天、楊迅，又瞟了一眼崔義，道：「這件事依我看已由不得我作主。」

常護花沒有作聲。

易竹君的目光回到常護花的面上，道：「我早已聽說叔叔忠厚待人，大概是怕我難堪，所以儘管沒有必要，還是先問取我的同意。」

常護花道：「嫂嫂言重。」

易竹君道：「未知要搜尋什麼？」

常護花道：「崔兄的下落。」

易竹君一愕，道：「你們懷疑他是在這裏？」

常護花道：「莊院內外所有的地方，我們希望都能夠搜查一下。」

易竹君倏的問道：「叔叔是今天才到的？」

常護花點頭。

易竹君道：「那是否知道，這兩天杜大人已經在這個莊院一再搜查？」

常護花道：「我知道杜兄已經搜查的非常仔細，只漏了這個內院。」

易竹君道：「內院有多大地方，人若是在內院，我怎會不知道？」

常護花道：「杜兄也是這個意思，問題在……」他欲言又止。

易竹君追問：「在什麼？」

常護花一聲輕嘆，道：「人也許已經不是一個活人。」

易竹君面色一變。

常護花嘆息接道：「死人絕不會弄出任何聲響。」

易竹君沉默了片刻，道：「既然有這種懷疑，最好當然是搜查一下，我給你們引路。」

常護花道：「豈敢勞煩嫂嫂。」

易竹君搖頭道：「不要緊。」

她緩緩走了出去，旁邊的兩個侍婢不必吩咐，上前陪奉在她的左右。

易竹君隨即右手輕抬，搭著右邊那個侍婢的肩膀。

她的手纖巧而美麗，白如雪，晶瑩如玉石，並沒有絲毫血色，簡直就不像是人手。

她的腰堪握，風穿窗吹入，她的人彷彿便要被風吹走。

常護花走在她後面，一切都看在眼中。

像這樣弱不禁風的一個女人，他實在難以相信竟然是一個蛾精，一個吸血的魔鬼。

十三 群蛾噬人

內院其實也相當寬闊，他們四下搜索，並無發現。

最後他們終於來到崔北海的寢室。

一切都執拾的整整齊齊，寢室的地方雖然也不小，但幾乎一目了然，並沒有什麼地方可以藏人。

他們打開了衣櫃，衣櫃中只有衣服，床下什麼東西都沒有。

這個寢室也就是他們最後要搜查的地方，寢室的後門卻還有一扇門。

常護花在這扇門之前停下，連隨問道：「這扇門後面又是什麼地方？」

易竹君說道：「是一間存放雜物的小室。」

常護花推門而入。

門後的確是一間存放雜物的小室，雜物卻並不多。

小室的大部分分成了兩層，丈半之上蓋了一個閣樓。

閣樓的出入口在右側靠牆的地方，足夠一個人出入，有一扇門戶。

那扇門並沒有鎖上，只是緊閉，門下有一道木梯。

常護花一步踏入，神情便變得非常奇怪。

小室只有連接寢室的一個出入口，四壁並沒有其他門戶，窗戶也沒有。

好像這樣的一個小室自然應該黑暗而死寂，現在這個小室卻既不黑暗，也並不死寂。

門大開，雖然完全談不上強烈，多少總算已有些光線進入，這個小室當然已不像原來那麼黑暗，那份死寂卻絕非因爲他們的進入而轉變。

小室的本身已經有一種聲音存在。一種非常奇怪的聲音，就像無數把扇子「霎霎」的不住在搧動。

那種「霎霎」的聲音，並不怎樣響亮，但由於環境的寂靜，他們都聽的非常清楚。

楊迅第二個踏入，脫口說道：「是什麼聲音？」

杜笑天傾耳細聽，並沒有作聲，一張臉卻已開始變色。

易竹君扶著侍婢，亦走了進來，那副表情卻彷彿並無感覺。

常護花即時一步倒退，移近易竹君的身旁，道：「嫂嫂，你有沒有聽到那種聲音？」

易竹君木然道：「哪種聲音？」

常護花一怔，仍應道：「『霎霎』的聲音。」

易竹君道：「沒有。」

常護花又是一怔，盯著易竹君。

易竹君全無反應，整個人就像是一個泥菩薩。

也就在這下，杜笑天突然叫了起來，道：「那好像就是吸血蛾撲翅的聲音！」

這句話出口，室內的空氣，彷彿立時冰結！

楊迅第一個打了一個冷顫，顫聲道：「聲音從哪裏出來？」

沒有人回答，除了易竹君，所有人的目光都已投向閣樓。

就是他楊迅，在說話出口之時，目光亦已然落在閣樓之上，所有人不約而同屏息靜氣。

那種「霎霎」的聲音於是更清楚。

常護花倏的開步，走到那道梯子的面前，抬頭望了閣樓那扇門一眼，就拾級而上，他的腳步慢而輕。那道梯子亦只得十來級。

常護花走上幾級，伸手緩緩的拉開了那扇門，門一開，「霎霎」之聲就響亮起來。

常護花探首往門內望一眼，一張臉立時變了顏色！

他反手將門掩上，徐徐走下了梯級。

杜笑天、楊迅在下面雖然已看出有些不妥，但到常護花下來，看看常護花的面色，仍不免吃一驚。

常護花的面色也實在太難看。

前後不過短短的片刻，他就像在冰水中浸了半天，面色青白得像死人一樣。

杜笑天忍不住問道：「常兄，閣樓內到底有什麼東西？」

常護花深深的吸了一口氣，道：「吸血蛾！」

他雖然盡量使自己的聲音穩定下來，杜笑天、楊迅仍然聽得出他的語聲中充滿了恐怖。

兩人的面色立時也變了。

楊迅脫口道：「吸血蛾？」

常護花沉聲道：「千百隻吸血蛾，一具骷髏！」

「骷髏！」杜笑天也不禁脫口驚呼。

楊迅連隨問道：「是誰的骷髏？」

常護花沒有回答，轉頭突呼道：「崔義！」

崔義就呆呆站在一旁，面色亦已然發青，給常護花這一叫，整個人幾乎彈了起來。

他連忙上前一步，道：「常爺有什麼吩咐？」

常護花道：「哪裏有燈，給我拿兩盞來！」

「是！」

崔義忙退下，楊迅卻上前兩步，但沒有再問。

這個小室已經是如此，那個閣樓當然更黑暗的了，就即使不是，閣樓中開了窗口，光亮如白晝，一個人既然變成骷髏，又怎能夠認出他的本來面目。

楊迅現在當然已想通了這一點，因爲他還不是一個大笨蛋。

室內已有燈，恰好是兩盞。

崔義才將燈燃亮，楊迅杜笑天已迫不及待，走過去將燈搶在手中。

兩張鋒利的長刀連隨嗆啷出鞘。

杜笑天、楊迅左手掌燈，右手握刀，一個箭步標回來，就搶上級梯！他們比常護花更心急。

常護花並沒有與他們爭奪，這片刻，他面色已回復平常，他甚至沒有移動腳步，只是手按在劍上，劍仍在鞘內，劍氣卻彷彿已出鞘，人已經蓄勢待發。

他的目光，當然就落在閣樓那扇門之上。

門已被挑開！楊迅的刀。

他竟然是第一個衝上梯級，右手刀挑開門戶，左手燈就送進去！

昏黃的燈光剎那變成碧綠！

不過一剎那，燈罩上竟伏滿了飛蛾！

青綠晶瑩如碧玉的飛蛾，眼睛卻殷紅如鮮血，吸血蛾！

燈罩變成了蛾罩，燈光透過碧綠的蛾身，也變成碧綠！

無數吸血蛾幾乎同時撲出，「霎霎」的振翅聲就像是魔鬼的笑聲！

那些吸血蛾，也簡直就像是魔鬼的化身！

楊迅的眼中立時就只見一片碧綠，無數點血紅，耳中也只聽到魔鬼的笑聲一樣的「霎霎」的振翅聲！

他當門而立，大群吸血蛾正好就向他迎面撲來！

這剎那的景像恐怖已不是任何文字所能夠形容。

楊迅這剎那心中的恐懼也同樣難以形容。

他不由自主的閉上眼睛，脫口一聲驚呼！

撕心裂肺的驚呼，恐懼已極的驚呼！

這一聲驚呼同樣恐怖，簡直不像是人發出來的聲音。

伏身在燈罩上的那些吸血蛾彷彿全部被這一聲嚇驚，一齊從燈罩上飛了起來，漫空亂撲！

也就在這剎那之間，大群吸血蛾已撲在楊迅的身上、面上！

楊迅雖然緊閉著眼睛，身上面上彷彿已感覺刺痛，鼻端亦彷彿已嗅到了血腥！

——牠們要吸我的血！

楊迅心膽裂，又一聲怪叫，雙手抱頭，轉身急退！連燈他都已拋掉！

他甚至忘記站在梯上，這一個轉身，立時從梯上滾跌下去！

杜笑天緊跟在楊迅的後面，他也已被眼前的景象嚇呆，根本不懂得扶著楊迅！

就算扶也扶不住的了。

楊迅簡直就像葫蘆般滾下，正滾在杜笑天身上。

杜笑天不由得也變了一個葫蘆。

常護花的面前於是就多了兩個滾地葫蘆。

他竟然沒有上前攙扶，也沒有拔劍，呆呆的站立在那裏。

他的手仍然按在劍上，卻似乎已經忘記了那是一柄劍，忘記了本來準備怎樣。

他本來蓄勢待發，劍也已隨時準備出手，但那剎那，連他都已被眼前的恐怖景象嚇呆。

崔義，侍候易竹君的兩個侍婢，還有門外的十幾個捕快，更就面無人色，連聲驚呼。

其中已有人抱頭鼠竄，也有人癱軟地上，似乎就只有一個人例外，易竹君！

易竹君面無表情，仍舊泥菩薩一樣。

唯一變易的只是她的面色，本來已經蒼白的面色現在更加蒼白，蒼白如死人。

燈已然打翻熄滅，兩盞都熄滅。

群蛾似乎因此失去了目標，漫室霎霎的亂飛，但只是片刻，突然雲集在一起，向小室門外飛去！

門外有天光，蛾類雖然喜歡撲火，對於天光卻是非常恐懼，是以才晝伏夜出。

這些吸血蛾卻似乎例外，牠們到底要飛去什麼地方？

沒有人理會這個問題，所以人都似乎著了魔，眼睜睜的目送那些吸血蛾飛走，常護花也是一樣。

群蛾終於飛去，「霎霎」的振翅聲消逝，室內外又回復死寂。

所有的聲響竟全都靜止，連呼吸聲竟也都幾乎聽不到。

所有人彷彿都變成了白癡，難堪的死寂。

小室的空氣本來就已經不大新鮮，現在更多了一股異樣的惡臭，難言的惡臭。

那種惡臭，似乎就是從閣樓中散發出來，是蛾臭還是屍臭？

易竹君身旁的一個侍婢也不知是否因爲忍受不住這種惡臭，突然嘔吐了起來。

嘔吐出來的只是苦水。這一種嘔吐似乎喚回了所有人的魂魄。

常護花長長的吁了一口氣，上前兩步，拾起了地上的一盞燈。

這盞燈還好，另外的一盞已經摔破，他連隨取火石，將燈蕊燃亮。

燈光亮起的同時，楊迅、杜笑天亦相繼從地上爬起來。

他們看來並沒有摔壞。

楊迅面無人色，嘴唇不住的在哆嗦，好一會才出得聲，道：「那……那就是吸血蛾？」

「是……」杜笑天這一聲就像從牙縫中漏出來。

楊迅忽然抬手指著自己的面龐，顫聲道：「你看我的面龐有沒有不妥？」

杜笑天目光應聲落在楊迅面上。

常護花一旁聽說，不由亦上前幾步，手中燈連隨亦照上去。燈光照亮了楊迅的面龐。

楊迅的面龐，立時閃起了青幽幽的光芒。

在他的面上，東一片，西一片，沾滿了青白的蛾粉，只是蛾粉，沒有血口。

杜笑天道：「不過沾著一些蛾粉。」

楊迅追問道：「有沒有流血？」

杜笑天道：「沒有。」

楊迅這才鬆一口氣，從懷中抽出一方手帕，往面上抹去。

杜笑天瞟一眼小室的入口，道：「那群吸血蛾看來只怕有好幾千隻。」

常護花點頭，道：「嗯。」

杜笑天的目光一轉，轉回去閣樓，道：「那麼多吸血蛾群集在閣樓內，到底幹什麼？」

常護花尚未回答，楊迅已放下手帕，一旁怪叫了起來，道：「他們在吃人。」

這句話出口，連他自己都不由打了幾個寒噤。

常護花聽說面色當場一白，杜笑天亦青著臉問道：「你說什麼？吃人？」

楊迅顫聲接道：「我將燈送入去之時，牠們正伏在一具屍體之上，『吱吱』的在咀嚼！」

常護花打了一個冷顫，道：「是屍體還是骷髏？」

楊迅道：「我看就是屍體了。」

「群蛾已飛走，我們上去看清楚！」

常護花手中燈一轉，照向閣樓，連隨起步，從楊迅身旁走過，再次踏上梯級。

這個人的膽子實在大。

杜笑天的膽子居然也不小，緊跟在常護花後面，他的刀仍在手中，他用力握著刀柄，手心已滿是冷汗。

楊迅這一次不敢搶前，但有兩個人做開路先鋒，他的膽子也不由大了。

何況在一眾手下之前，如果不上去，面上實在掛不住。

所以他只有硬著頭皮，拾起掉在地上的佩刀，再次踏上那道梯子。

那道梯子也相當堅實，三個人的重量卻也實在不小，到楊迅走上去，就格吱格吱的響了起來。

這亦是一種恐怖的聲音。

楊迅雖知道那是梯子發出來的聲音，聽著還是不由得心寒。

因爲他擔心那道梯子突然折斷，又變成滾地葫蘆。

他實在不想再在一眾手下面前出醜了。

幸好在這個時候，常護花已經離開梯子，跨入閣樓內。

一盞燈的光亮已勉強足夠。

這一次的燈光並沒有幾成碧綠，閣樓內一隻吸血蛾都不見，看來真的完全飛走了。

一踏入閣樓，那種腥臭的氣味更加強烈，令人欲嘔。

常護花居然忍得住沒有嘔出來，一個身子卻已在發抖。

眼前的景像已不是恐怖兩個字所能形容。

他雖然已練成了夜眼，到底沒有在燈光下那麼清楚，第一次的推門窺望，只是朦朧的看見一個輪廓，知道是什麼事情。

現在他真正的清楚，事情並不是他先前所說的那麼簡單。

昏黃的燈光之下，他清楚的看見了一具屍體，卻也是一個骷髏。

先前他是說看見骷髏，楊迅卻是說看見屍體，兩人事實都沒有說錯，只是都說得不大貼切。

他根本沒一個貼切的字眼能夠形容。

那是屍體盤膝在閣樓正中的地板之上，脖子以下的地方仍然是肉身，脖子以上的頭顱卻已變成骷髏。

慘白的骷髏，燈光下散發著陰森的寒芒。

眼眶之內已沒有眼珠，卻閃爍著鬼火一樣慘綠的火焰。

常護花瞪著這個骷髏的同時，骷髏頭中的兩個眼穴竟也彷彿在瞪著他。

眼穴中分明沒有眼珠，卻又似仍然有眼珠存在，仍然能夠表示心中的感情。

這剎那之間，常護花隱約感覺到一股強烈的怨毒從那雙空洞的眼穴中透出來。

他打了一個寒噤，骷髏的鼻也只是一個漆黑的洞穴，嘴巴……

骷髏已沒有嘴巴！牙齒卻還完整，它的口張開，彷彿在咒詛什麼，眼中充滿了怨毒，口中的咒詛應該惡毒。

口中已無舌，漆黑的口腔之內隱約一絲絲的吐著迷濛的白氣。

屍氣，骷髏的頷下總算有些肌肉，那些肌肉沒有還好。

因爲這些肌肉簡直就不像是肌肉，切絲的水母一樣，一條條的虛懸在頷下，彷彿曾經被什麼東西劇烈撕噬。

那些吸血蛾難道真的非獨吸人血，還會吃人肉？

只是肉，沒有血，那些肌肉非獨外形像水母，實質亦是與水母無異，膩然閃著令人心悸光芒，下端更像是有水要滴下。

屍水，骷髏頭上也一樣濕膩的屍水淋漓，卻閃耀著青白色的磷光。

青白色的蛾粉幾乎沾滿整個骷髏頭。屍體穿著的衣服亦沾滿青白色蛾粉。

那一身衣服居然還完整，但露在衣袖之外的一雙手卻已是剩下慘白的骷髏。

這雙手赫然握著一柄劍！

劍尖深嵌在地板上，劍身已被壓的天虹般彎曲，屍體似乎就因爲這柄劍的幫助才沒有倒下。

劍長逾三尺，是軟劍，劍身上嵌著七顆閃亮的星形暗器，「七星絕命劍」！

杜笑天一眼瞥見，不由得失聲驚呼。

楊迅相繼踏入閣樓，目光應聲落在那劍柄之上，脫口問道：「這真的是他那柄七星絕命劍？」

常護花回答：「假不了。」

他一頓接道：「這本是玄機子的家傳寶劍，玄機子一代單傳，到了玄機子這一代更就絕了香煙，是以才將這柄劍傳給他，事實上他不只是玄機子的關門弟子，而且是玄機子的義子。」

楊迅道：「劍是他的劍，屍體也……也是他的屍體了？」

常護花嘆息一聲道：「據我所知這劍柄的劍柄之上，兩面都刻有字，一面是劍在人在，一面是劍亡人亡！」

「劍在人在，劍亡人亡——」

杜笑天亦不禁一聲嘆息。常護花接道：「他亦是一直將這支劍當做自己的生命一樣，如果還有命，相信他絕不會放棄這隻劍，現在這柄劍卻握在那個屍體的手中，他本人卻又正好失蹤，不是他又是什麼人？」

杜笑天說道：「我也是這個意思，何況……」

楊迅追問道：「何況什麼？」

杜笑天道：「十五的那天黃昏，也即是我最後一次見他之時，他身上穿著的正是現在屍體身上穿著的那套衣服！」

常護花的面色這才真的變了。方才他雖然那麼說話，心裏其實仍存著萬一之念。

楊迅亦一再變色，他同樣不相信天下間竟然有這麼巧的事情。

他卻仍問道：「你沒有記錯？」

杜笑天道：「頭兒如果還有懷疑，大可以叫傅標、姚坤來辨認一下，當時他們兩人都在場。」

楊迅道：「不必了，我知道你的記性向來都很好。」

他忽然一偏頭盯著杜笑天。

杜笑天跟了這麼久，早已很清楚他的習慣，知道他是有事情要自己做，道：「頭兒有什麼吩咐？」

楊迅摸了摸下巴，道：「你過去看看那柄劍的劍柄之上是否刻著那八個字。」

杜笑天變色道：「嗄？」

劍柄在死屍的雙手之中，要看劍柄上的字，就得先將死屍的雙手扳開，難怪他當場變色。

這雖然是他的好朋友的死屍，在生前他雖然已不只一次握著這雙手，可是現在變成了這個樣子，就望見已經噁心，你叫他如何握得下？

楊迅卻顯然已拿定了主意，一定要杜笑天那麼做，隨即道：「你還沒有聽清楚我的說話？」

杜笑天嘆了一口氣，說道：「我這就去。」

他的目光旋即落在那個骷髏頭之上。這還是他第一次正視那個骷髏頭。

骷髏眼窩中慘綠的火焰彷彿即時暴盛，似乎因爲已察覺杜笑天的注視，反眼盯著他。

眼窩中的怨毒也似乎更重了。

骷髏牙縫的屍氣亦彷彿同時濃盛起來，就像是警告杜笑天不要觸犯他的屍體，否則，他惡毒的咒詛將降臨杜笑天身上。

杜笑天儘管膽大，這下子是由心寒了起來。

他當了十多年的捕快，接觸的屍體已不算少的了，但這種恐怖的屍體，還是第一次遇上。

他仍然舉步走了過去，這在他根本就是無可避免的事情。

越近屍體便越臭，杜笑天經驗何等豐富，只聞這屍臭，就知道這是最少已死了兩天的屍體。

崔北海的失蹤正是兩天有餘，三天不到的事情。

一樣的衣服，一樣的兵器，這毫無疑問就是崔北海的屍體。對於常護花的說話他更就絕對相信。

好像常護花這種高手，實在沒有理由連一柄劍也分辨不出，何況這柄劍的主人又是常護花的老朋友？

對於這柄劍，常護花應該熟悉得很。劍既然是崔北海的劍，劍柄上當然有那八個字。

不過手續上，他仍然要過目，所以他並不反對楊迅這種做法，唯一反對的只是由自己來動手。

這卻是由不得他反對。他幾步走上去，探懷掏出了一方手帕，將右手裹了起來。

他的鼻子已皺起，目光已下移在死屍的雙手之上，眼睛瞇成了一條縫，入眼的東西，也因此變得矇矇矓矓。矇矇矓矓，那雙手，總算沒有那麼恐怖。

他伸出左手，捏住了那劍的劍鍔，右手亦同時伸出，握住了死屍的左手。

雖然隔著折疊的一方手帕，他仍感覺到握在手中的只是骨頭。這刹那，屍臭似乎又濃重了幾分。

杜笑天強忍著試試拉開那隻手，他用的氣力已經夠多的了，卻仍未能夠將那隻手從劍柄上拉開。

他再試試去拉另外的一隻手，一樣拉不開。

死屍的雙手赫然緊握在劍柄之上。這柄劍無疑絕不會在人死後才塞入那雙手之中。

死人絕不能將劍握得那麼緊，這個人顯然就是手握著這柄劍死亡。

這柄劍如果真的是七星絕命劍，這個人還不是崔北海？

也只有崔北海才會將七星絕命劍視如生死，死也不放手。

十四 劍在人亡

屍水這片刻已濕透了那方手帕。

森冷的屍水，沾上了皮膚，那種感覺就像是握著好幾條剛從泥土裏挖出來的蚯蚓。

杜笑天由心裏寒了出來，一連也不知打了多少個寒噤。他勉強壓抑著那份恐怖的感覺，轉去扳那雙手的指骨。那雙手的指骨，竟好像深嵌在劍柄之上。

他用力再扳，「格格格」的三聲，握著的三條指骨竟同時斷折！

死了三天也不倒的人，骨頭就變得如此脆弱，這倒是杜笑天意料之外。

他握著那三截斷折的指骨，又打了一個寒噤，再握不下去。

這到底是他的好朋友的屍體，他實在不想這個好朋友在死後，變成一個無指的幽靈。

他雖然一直都不相信人死後變鬼這種傳說，經過這些日子來所見的一連串怪事，對於這種傳說已不敢太否定。蛾精都會有，鬼當然也會有的了，他怔在當場。

那邊楊迅看見，脫口問道：「發生了什麼事？」

杜笑天也不回頭，道：「沒什麼，只是一時不慎弄斷了三根指骨。」

楊迅又問道：「劍柄上，有沒有那八個字？」

杜笑天道：「我還未將劍取到手。」

楊迅道：「哦？」

杜笑天暗自嘆息，狠著心，右手一沉一穿一托，硬將死屍的雙手托高，揑住劍鍔的左手同時往外一奪。格格的又是兩根指頭斷折，那柄劍終於給他從死屍的手中硬奪了過來。

死屍連隨就一栽，好在杜笑天及時將死屍的雙手抓穩，才沒有倒栽地板之上。

也就在此際，那個骷髏頭空洞的兩個眼窩之中，突然湧出了兩行腥臭的屍水。

這簡直就是像兩行眼淚，死屍莫非仍然有感覺，已感覺到斷指的痛苦？

杜笑天看在眼內，心頭又是恐怖又是感慨，他勉強將屍體扶正，兩步退後，轉過了身子，目光才落在那柄劍的劍柄之上。劍柄上果然刻著那八個字。

——劍在人在，劍亡人亡！

劍毫無疑問，就是崔北海的七星絕命劍，人不是本人又還會是誰？

楊迅瞪著劍柄上的字，忍不住一聲嘆息：「劍在人在，劍亡人亡，現在可是劍在人亡！」常護花的目光亦已落向劍柄，卻並無任何表示。

楊迅望了常護花一眼，突然轉身走了出去。

轉身才跨出一步，他就撞在一個人的身上。崔義！

也不知什麼時候，崔義已進來，眼睛直勾勾的瞪著那具屍體，一面的悲憤。

在他的眼中，似乎就只有那個屍體存在，根本不知道楊迅的轉身過來，整個人立時給楊迅撞翻地板。

楊迅的身子也自一晃再晃，居然沒有倒下去。

崔義沒有站起來，就勢一躬身，拜伏在那裏，道：「楊大人，千萬要替我家主人作主！」

楊迅站穩了身子，說道：「這個還用說？」他連隨一步跨過崔義，蹬蹬蹬蹬的奔下梯級。

眾人仍等在下面，所有的目光都集中在閣樓的入口，楊迅一現身，自然就轉落在楊迅的面上。他們雖然不知道閣樓內發生了什麼事情，從楊迅的面色亦已看得出事情嚴重。

楊迅走下了梯級就支住了腳步，一隻腳仍踩在最後的一級之上，他半身一側，霍地瞪著易竹君。眾人的目光順著他的目光移動，亦落在易竹君的面上。

易竹君仍然泥菩薩一樣，面無表情。

楊迅看著她，好一會，突然深深的吸了一口氣，戟指喝道：「拘捕她！」

易竹君當場一怔，那一眾捕快比易竹君還意外，怔住在那裏，一個個全無反應。

楊迅目光一掃道：「你們怎樣了，是不是全都聾了耳朵，聽不懂我的說話？」

那一眾捕快這才如夢初醒，帶頭的傅標姚坤相望一眼，姚坤囁嚅道：「頭兒，是……是要我們拘捕崔夫人？」

楊迅斬釘截鐵道：「是！」

傅標試探著問道：「崔夫人到底犯了什麼罪？」

楊迅道：「殺人。」

傅標不由追問道：「殺誰？」

楊迅道：「崔北海！」

傅標嗄一聲，沉默了下去，一面的疑惑之色。姚坤也一樣，卻沒有插口，也沒有採取任何行動。好像易竹君這樣美麗，這樣溫柔，這樣纖弱的女人，竟然是一個殺人兇手，這本來就難以令人置信，何況，她殺的還是一個武功高強的男人？還是她的丈夫崔北海？兩人躊躇不前，其他的捕快當然更不會採取行動的了。

這樣一群不聽話的手下，楊迅看見就有氣，怒聲道：「你們呆在那裏幹什麼，還不趕快將她鎖起來？」

傅標、姚坤慌忙一聲：「是！」

各自一揮手，在他們後面的一個捕快連隨將一副手鐐送上。

姚坤將手鐐接過，幾步走到易竹君面前，道：「崔夫人，請你將手伸出來！」

易竹君望一眼那副手鐐，淒然一笑，竟然就將雙手伸出去。

她沒有反抗，甚至連一句話也沒有，那樣子，那神情，你說有多可憐就有多可憐。

姚坤看著心都快碎了，那副手鐐如何鎖得下去了。

楊迅的心腸卻像是鐵打的，再聲催促道：「鎖起來！」

姚坤也只好硬起心腸，舉起了手鐐，正要將易竹君鎖上，一個聲音就從閣樓內傳出來——「且慢！」

常護花的聲音，他人也相繼現身。對於他的說話姚坤倒是服從得很，立刻就停手。

楊迅看見氣又來了，他居然忍得住沒有發作。

因爲他還沒有忘記常護花方才在書齋救過他的命。他緩緩抬頭，盯著常護花。

常護花拾級而下，走到楊迅的身旁。

楊迅這才道：「常兄在閣樓是不是又發現了什麼？」

常護花搖頭。

楊迅接問道：「那是爲了什麼阻止我們拘捕她？」

常護花道：「到目前爲止，還沒有證明她就是殺死崔北海的兇手。」

楊迅道：「崔北海那份記錄，就是證據。」

常護花道：「那份記錄是不是太神怪，太難以令人置信？」

楊迅道：「你不相信？」

常護花不答反問道：「難道，你就相信了？」

楊迅道：「不相信也不成。」

常護花道：「那份記錄到底是片面之詞。」

楊迅道：「方才的一群吸血蛾從這裏飛出去卻是在衆目睽睽之下，那群吸血蛾在閣樓內吸崔北海的血，噬崔北海的肉，你我不也是都看在眼內？」

這番話出口，連他自己都不由得打了兩個寒噤，他又想起了方才的情景。

其他人雖然沒有看見，可是聽到楊迅這樣說，仍不禁心裏一寒。

易竹君本來已是蒼白的臉龐，這下子似乎又蒼白了幾分。

常護花沒有作聲，因爲楊迅所說的是事實。

室內一下子寂靜了下來，這寂靜卻連隨被易竹君的語聲驚破。「你說的是真話？」

易竹君是問楊迅，她的嘴唇在顫抖，語聲亦顫抖起來。

寂靜中聽來，這顫抖的聲音就顯得飄飄渺渺，似乎不像是人的聲音。

楊迅沒有回答易竹君，附耳對常護花道：「你聽她的聲音。」

常護花奇怪地問道：「她的聲音怎樣了？」

楊迅的嗓子壓得更低，道：「你聽不出來？」

常護花搖頭。

楊迅道：「那種聲音好怪異的，簡直就像是幽冥鬼魂的呼喚。」

常護花忽然一笑，道：「你什麼時候聽說過幽冥鬼魂的呼喚？」

楊迅不禁一怔，說道：「我從來沒有聽說過。」

常護花道：「然則你怎會知道幽冥鬼魔的呼喚是怎樣？」

楊迅閉上了嘴巴。

常護花接道：「那些吸血蛾雖然是從這裏飛出去，未必就是她養的。」

楊迅道：「不是她是誰？」

常護花道：「如果我知道就好了。」

楊迅道：「你既然不知道，又怎能肯定那些吸血蛾並非她養的？」

常護花道：「我沒有肯定。」

楊迅道：「你卻是阻止。」

常護花道：「因爲我認爲在未得到充分的證據，在未能夠證明她是殺人的兇手之前，不應該將她拘捕。」

楊迅道：「哦？」

常護花道：「萬一事情與她並無任何的關係……」

楊迅道：「我們當然就將她釋放。」

常護花道：「這對於個人的尊嚴、名譽……」

楊迅擺手打斷了常護花的說話，亦道：「相信沒有多大的影響，這亦是無可奈何之事。」

常護花道：「哦？」

楊迅道：「因爲，規矩上我們必須如此。」

常護花無言。官字兩個口，沒有道理的說話也可以講成有道理，何況是規矩。

楊迅接著道：「大概你不會否認，目前嫌疑最重的就是她。」

常護花沒有否認。

楊迅道：「這樣的一個殺人嫌疑犯，我們實在不能不先扣押起來。」

他一頓，才接道：「否則走脫了，我們的罪名只怕也不會輕到那裏去，常兄應該明白這一點。」

常護花道：「你們大可以派人監視在她左右。」

楊迅脫口道：「倘若她真的是一個蛾精，真的是一隻吸血蛾的化身，誰能夠監視得來？」

常護花道：「倘若她真的是一個蛾精，你們就將她扣押起來，她也一樣可以逃出去。」

楊迅道：「即使是如此，我們到底已有所交待。」

常護花一聲輕嘆，舉步從楊迅身旁轉過，走到易竹君面前，道：「嫂嫂都聽到了。」

易竹君幽幽一嘆，道：「只是聽的不明白。」

常護花說道：「不明白我們在說些什麼？」

易竹君嘆息道：「也根本不知道發生了什麼。」

常護花再問道：「嫂嫂真的是全不知情？」

易竹君道：「你們說是假的，我亦無話可說。」

常護花道：「真的話，現在我就簡單的整件事覆述一次。」

易竹君頷首。

常護花稍作沉吟，道：「事情的開始，是在這個月初一的晚上，由初一到十五日之間，崔兄無一日不受吸血蛾的驚擾，有關這些事的詳細情形，他已經做好了一份記錄，記載的非常清楚。」

易竹君靜靜聽著。

常護花又道：「從那份記錄看來，由吸血蛾引起的怪事，實在非常恐怖，就因爲這個原因，在初七那天他才會派出崔義飛馬趕去萬花山莊，找我來這裏，協助他應付那群吸血蛾。」

易竹君道：「崔義十多天不在家，原來是去了萬花山莊。」

常護花道：「只可惜我今早趕到來，崔兄已經失蹤了三天。」

易竹君沒有作聲。

常護花道：「這三天之內，楊捕頭他們據講已搜遍全城，卻都沒有發現崔兄的下落，所餘就只是這個地方，現在我們也就在這個地方——」

常護花目光轉向閣樓道：「我是說那個閣樓之內發現了他的屍體。」

易竹君忽然問道：「真的是他的屍體嗎？」

常護花道：「看來是真的了。」

易竹君說道：「你說的，似乎不大肯定。」

常護花承認。

易竹君想想道：「我上去瞧瞧。」

常護花道：「嫂嫂即使上去，亦一樣難以分辨得出來。」

易竹君道：「哦？」

常護花道：「崔兄頭顱的血肉已然被吸血蛾吸吃乾淨，只剩下一個骷髏，雙手亦只剩白骨。」

易竹君不禁花容失色，掩口驚呼。她這個表情倒不像是故意裝出來的。

常護花看在眼內，不由暗忖道：「事情莫非真的與她完全沒有關係？」

楊迅那邊卻是在冷笑。

易竹君沒有看楊迅，怔怔的盯著常護花。

她定了定神，道：「你們怎能看出是他的屍體？」

常護花道：「因爲屍體穿著的衣服，杜捕頭證明，是他當夜失蹤之前穿著的衣服，同時屍體的雙手握著一柄劍亦是他的劍！」

易竹君道：「七星絕命劍？」

常護花道：「正是七星絕命劍。」

易竹君雙眼一陣失神。

常護花道：「那柄七星絕命劍據我所知他向來珍逾拱璧，因爲那柄劍非獨是他師門至寶，而且幾次在危急之際救過他的命。」

易竹君點頭說道：「這他也曾對我提及。」

常護花道：「是以雖然已分辨不出屍體的面目，那一身衣服，那一柄七星絕命劍已能夠證明屍體的身分。」

易竹君道：「那與我又有何關係？」

常護花道：「在他那份記錄之中，隱約暗示如果他遇害，嫂嫂就是殺害他的兇手。」

易竹君眼中又一陣失神，口張著，一個字也說不出來。

常護花接道：「那份記錄無論是否真實，在目前來說，嫂嫂亦是嫌疑最重的一人。」

易竹君道：「爲什麼？」

常護花道：「這個小室在寢室的後面，進入這個小室必須經過寢室，除了嫂嫂，有誰能夠進來？」

易竹君道：「我也有離開寢室的時候。」

常護花道：「你是說也許有人乘你外出之時，偷入寢室內。」

易竹君道：「這難道沒有可能？」

楊迅那邊插口問道：「這兩天你到過什麼地方？」

易竹君道：「來去都是在這個莊院之內。」

楊迅道：「這是否事實，我不難查出來的。」

易竹君沒有作聲。

杜笑天的聲音即時傳來，道：「這方面我已經調查清楚，崔夫人這兩三天內的確沒有離開這個莊院。」

說話間杜笑天亦從閣樓中走出，接道：「可是由事發那天晚上開始，接連兩天我都曾派人監視在莊院周圍，如果有人扛著屍體在院內走動，未必瞞過他們。」

他一頓又道：「晚上我們的人雖然都離開，崔夫人相信必然在寢室之內，即使已入睡，要是有人偷進去，不驚動崔夫人似乎沒有可能。」

易竹君不能不承認，道：「這兩天我都睡得不太好，在入睡之前，我也沒忘記將門栓拉上。」

杜笑天道：「這就是了，要進入寢室，必須先將門栓弄斷，方才我已經留意到，門窗方面，如果我的眼睛沒有問題，這寢室的門窗都並無異樣。」

杜笑天的眼睛當然並沒有問題。

常護花接道：「何況除了那具屍體之外，還有那麼的一大群吸血蛾，早先一刻嫂嫂是看見的了，那一群吸血蛾何等聲勢，無論在什麼時候出現，都不難驚動這個莊院的人，是以……」

易竹君替他接下去：「除非有人預先安排牠們在這個閣樓之內。」

常護花道：「否則牠們只怕就真的是妖魔鬼怪的化身了。」

易竹君道：「你相信不相信，世間真的有妖魔鬼怪的存在？」

常護花一時間也不知應該怎樣回答。

易竹君嘆了口氣，道：「妖魔鬼怪，這不是太無稽？又有誰會相信？」

常護花、楊迅、杜笑天不由都齊皆一怔。

他們豈非都是在懷疑易竹君是一個蛾精，是一隻吸血蛾的化身？

易竹君嘆息接道：「若不是妖魔鬼怪作怪，當然就以我嫌疑最重的了。」

「即使真的是妖魔鬼怪作怪，亦是你的嫌疑最重！」

楊迅好容易才忍住這句話，沒有說出口。

易竹君目注常護花道：「你看我可像是這種人？」

常護花無言輕嘆道：「知人知面不知心，只是看如何看得出來。」

易竹君看看常護花，再看看楊迅，杜笑天，又嘆了一口氣，緩緩伸出了雙手。

姚坤握著那副手鐐就站在旁邊，目光已落在易竹君那雙手之上，卻沒有將手鐐鎖上易竹君的雙手。

楊迅即時一揮手，再聲說道：「鎖起來！」

這一聲已沒有那兩聲那麼兇，姚坤應聲將易竹君的雙手鎖上

常護花這一次再沒有阻止，只是道：「無論是什麼事情，遲早總會有一個水落石出。」

易竹君淒然一笑。

楊迅想了想又吩咐傅標、姚坤道：「你們去準備一輛轎子，先送崔夫人回去。」

他不說押而說送，更吩咐準備轎子，似乎也不想易竹君太難堪。

是不是易竹君的態度使他對這事重新考慮？

姚坤、傅標一聲：「是。」

傅標第一個舉步跨出門外，姚坤卻一旁閃開，欠身道：「崔夫人，請！」

易竹君腳步躊躇，倏的又偏頭望著楊迅，道：「我能否看看那份記錄？」

楊迅道：「那份記錄方才我已叫手下送去衙門。」

易竹君苦笑道：「幸好我現在就去衙門。」她苦笑舉步，幽靈般走了出去。

十五　飛環鐵劍

常護花目送易竹君的背影消失，不由又沉吟起來。

杜笑天這下子已然走下了梯級，他緩步到常護花的身旁，道：「常兄對這件事似乎始終都在懷疑。」

常護花微微頷首，道：「杜兄對於這件事難道就沒有懷疑了？」

杜笑天輕嘆作答。

常護花道：「如果是她下的手，似乎沒有理由將屍體留在這個閣樓。」

楊迅道：「也許她想不到我們這麼快搜查到這裏。」

常護花道：「我看她也是一個聰明人，怎會想不到。」

楊迅忽然打了個冷顫道：「也許她以爲那些吸血蛾早就已將那具屍體吃光。」

他連隨又打了一個冷顫，道：「也許她還捨不得那具屍體，還要咬幾口……」

常護花截住了楊迅的說話，道：「這是說易竹君是一個蛾精，是一隻吸血蛾的化身的了。」

楊迅道：「嗯。」

常護花道：「如果是這樣事情反而簡單得多，最低限度崔北海那份記錄之中記載的由三月初一至三月十五日之間他遇見的種種怪事，還有他的神秘失蹤，他的屍體在閣樓之內出現等等，根本就不必我們多費心思追查，只需妖精作怪這一個理由，已可以解釋清楚。」

杜笑天插口道：「這也得先證明她是一個妖精。」

常護花道：「她若是一個妖精，遲早總會現形的，我們只需等候她現形就是，最怕她不是。」

楊迅不由的摸著腦袋，道：「這就到我們頭痛的了。」

常護花道：「是以我們現在應該作出兩個假設，一是易竹君是一個妖精，一是完全沒有這回事。」

楊迅道：「這是說我們應該繼續調查下去？」

常護花點頭。

楊迅忽問道：「從哪方面調查？」這句話一出口，他就後悔了。

好像他這樣聰明的大捕頭，實在沒有理由去問常護花，自己應該知道從那一方繼續調查才是。

常護花卻沒有在意，沉吟著道：「無論是哪一個假設，我們現在都要調查一個人。」

楊迅道：「誰？」

常護花道：「郭璞！」

楊迅道：「易竹君的表哥？」

常護花點頭，道：「從那份記錄看來，他豈非也是一個問題人物？」

楊迅擊掌道：「對！」

他霍地轉頭問道：「你們之中有誰認識這個人？」

四個捕快仍等候在門外，其中的一個應道：「我認識。」

楊迅道：「是幹什麼的？」

那個捕快道：「是一個大夫，設館在城南，據講醫術很高明，先後曾經救活過不少人。」

楊迅截口道：「你們四個趕快去找他回來。」

三個捕快齊應一聲！「是！」

還有的一個卻問道：「回來這裏？」

楊迅輕叱道：「糊塗蟲，這裏是什麼地方？」

那個捕快一怔道：「聚寶齋。」

楊迅道：「聚寶齋可是審問犯人的地方？」

「不是。」

「不是，什麼地方才是。」

「衙門。」

楊迅道：「找到人，押回衙門去！」

「是！」

那個捕快忙退下。其他的三個捕快亦不敢怠慢。

常護花即時說道：「我們不妨也去一趟。」

楊迅道：「不用了，他們四個人都是好手，對付郭璞一個人，已足夠有餘。」

常護花說道：「不怕郭璞也是一個蛾精……」

楊迅笑截道：「光天化日之下，妖魔鬼怪相信亦無所施其技，否則方才易竹君已夠我們瞧的了。」

常護花微笑。

楊迅接道：「何況現在還有一件事情等著我們做。」

常護花道：「哦？」

楊迅道：「崔北海既然已證實死亡，他留下的兩封遺書應該開拆的了。」

常護花道：「你是說我們現在應該去見見高太守。」

楊迅道：「那兩封遺書之上寫得很清楚，必須由高大人親自拆閱。」

常護花點頭，這件事他並沒有忘記。

楊迅道：「也許在他的遺書之中，我能夠得到更多的資料。」

常護花道：「也許。」

三人幾乎同時舉起了腳步，他們顯得都很想盡快知道崔北海在遺書中到底寫著些什麼。

風未息雨亦未停，仍舊煙霧般飄飛。長街煙雨中迷濛，一片難言的蕭索。

常護花、杜笑天、楊迅心頭亦一片蕭索。

他們默默的走在長街之上，一面的落寞之色，誰都沒有再開口說話。

現在他們就只想盡快趕返衙門，見著高太守，讀到崔北海那封遺書。

常護花、楊迅、杜笑天三人轉過了街角，衙門已在望。

三人相繼加快了腳步。也就在這時，一個人突然從他們後面追上來。

那個人一面追一面嚷：「常大俠！楊大人！杜大人！」

常護花、楊迅、杜笑天不由得一齊收步回頭望去，這一望，三人亦不由得一齊怔在當場。

來人這樣叫，當然是認識他們，他們三人對來人卻完全陌生。

來人一身儒士的裝束，年青而英俊。

常護花目光一閃，回對楊迅道：「這個人好像不是你的手下？」

楊迅搖搖頭，道：「我根本不認識這個人。」

常護花轉顧杜笑天：「杜兄又認識不認識？」

杜笑天亦是搖頭。

常護花道：「這就奇怪了，我們不認識他，他卻是認識我們。」

杜笑天道：「我以爲是你的朋友。」

常護花道：「這個人我完全陌生。」

杜笑天道：「哦？」說話之間，那個人已然追上來，在楊迅面前收住了腳步，不住的喘氣。

楊迅瞪著他，忍不住問道：「你是什麼人？」

那個人喘著氣道：「小民郭璞！」

楊迅又一怔。

常護花、杜笑天那一份詫異並不在楊迅之下，一齊打量起這個郭璞來。

郭璞這人看來並不像是一個壞人。

楊迅怔怔的瞪著郭璞，倏的脫口道：「郭璞，你就是郭璞！」

郭璞道：「是。」

楊迅忽然道：「好本領！」

這次輪到郭璞怔住了。

楊迅接道：「我那四個手下都是好手，想不到這麼快就都給你放倒了。」

郭璞詫聲道：「楊大人在說什麼？」

楊迅冷笑道：「居然還裝作若無其事，好，好小子！」

他突然伸手握住了刀柄，旁邊杜笑天一眼瞥見，趕緊將他的手按住。

楊迅反眼瞪著杜笑天，正想喝他放開手，杜笑天已然對郭璞道：「你沒有遇上我派去找你的四個捕快？」

郭璞搖頭道：「沒有。」

杜笑天又問道：「你現在準備去什麼地方？」

郭璞道：「衙門。」

杜笑天道：「到衙門幹什麼？」

楊迅連隨插口問一句：「是不是來自首？」

郭璞愕然道：「自首？」

楊迅追問道：「是不是？」

郭璞好像聽不懂，依然一面的詫異之色。

楊迅方待再追問，杜笑天已又將他按住，道：「先聽他怎樣說話。」

楊迅哼一聲，勉強閉上了嘴巴。

杜笑天再對郭璞道：「你到衙門去有什麼事？」

郭璞道：「方才易老頭到城南我的醫館通知我，說是你們抓了我的表妹去衙門，所以我趕來一看究竟。」

杜笑天道：「你是易竹君的表哥？」

郭璞道：「是。」

杜笑天道：「易老頭又是易竹君的什麼人？」

郭璞道：「他是我表妹的一個遠親，年老無依，我表妹見他可憐，這兩年就將他留在家中當一個應門的僕人。」

杜笑天道：「他還告訴你什麼？」

郭璞道：「告訴我你們拘捕我表妹的原因。」

杜笑天又問道：「這個易老頭，有多老了。」

郭璞道：「六十歲有多了。」

楊迅又插口問道：「六十歲？」

郭璞道：「確實的年紀倒不清楚。」

楊迅冷笑道：「這個人雖然一大把年紀，耳朵倒挺尖的，腳步也夠快，我那四個手下未到，他竟然先到了。」

杜笑天接又問道：「他告訴你我們是爲什麼拘捕易竹君？」

郭璞道：「聽他說，你們拘捕她是因爲她殺害了崔北海。」

他叫了起來道：「她怎會是那種人？怎會是一個殺人的兇手？殺夫的兇手？」

杜笑天道：「是不是仍有待證明，目前誰也不能肯定。」

郭璞道：「既然不能夠肯定，爲什麼還要拘捕她？」

杜笑天說道：「因爲她的殺人嫌疑最重。」

郭璞道：「你們派人去找我，莫非我也有殺人的嫌疑？」

杜笑天點頭。

郭璞道：「這爲了什麼？」

杜笑天方待回答，楊迅突然又問道：「你怎麼認識我們？」

郭璞道：「這裏不認識兩位大人的人還不多。」

楊迅道：「我可是不認識你。」

郭璞苦笑道：「我是什麼人，楊大人當然不認識我，這正如這裏的人縱然沒有見過高太守高大人的面，也不難知道高大人的名字，相反這裏的人大半連高太守非獨不知道是什麼模樣，就連名字亦是聽都沒有聽過。」

楊迅聽郭璞這樣說，心裏倒也受用，他欲笑未笑，忽然又板起臉龐，道：「常大俠第一次來這裏，怎麼你也認識了？」

郭璞不慌不忙道：「易老頭告訴我崔義找來了一位常大俠！」

楊迅道：「你只是聽說，怎麼老遠一看見，就能夠認出，一口叫出來。」

郭璞道：「因爲易老頭曾對我描述過常大俠的形狀相貌。」

楊迅冷笑道：「他還對你說什麼？」

郭璞道：「沒有了。」

楊迅道：「你那一聲常大俠叫的倒也熟落。」

郭璞道：「這雖是第一次見面，這之前我卻已多次聽說過常大俠這個人。」

楊迅道：「誰與你說的？」

郭璞道：「是我的病人，我從來沒有在江湖上走動，但找我看病的並不乏江湖中人。」

楊迅道：「哦。」

郭璞道：「從他們的口中我早已知道常大俠是怎樣的一個人，常大俠出面，這件事一定有一個明白的交代。」

楊迅悶哼道：「這是說如果只是由我辦理，就不明不白的了？」

郭璞道：「我並沒有這樣說。」

楊迅道：「只是心裏有這個意思？」

郭璞道：「豈敢！」

楊迅又問道：「你認為我們抓錯人，冤枉了易竹君？」

郭璞道：「是不是冤枉，正如杜大人所說，仍有待事實證明，但站在我個人的立場，則始終認為我這個表妹絕不是那種人！」

楊迅道：「你又是不是？」

郭璞苦笑道：「到現在我們仍不知道是怎麼一回事。」

楊迅道：「聽你的說話，倒像是真的不知道。」

郭璞道：「本來就是真的。」

楊迅冷笑，只是冷笑。

常護花一直沒有開口，這下子突然打破沉默，向郭璞問道：「三月十二日那天，你是否曾到過聚寶齋？」

郭璞道：「嗯。」

常護花道：「易竹君找你去的？」

郭璞奇怪道：「你怎會知道？是不是我表妹告訴你？」

常護花不答反問：「易竹君找你到聚寶齋去幹什麼？」

郭璞道：「是看病。」

常護花道：「看誰的病？」

郭璞道：「崔北海。」

常護花道：「這是誰的主意？」

郭璞道：「我表妹。」

常護花道：「這件事崔北海可知？」

郭璞道：「不知道。」

常護花接又問道：「爲什麼她突然找你去？」

郭璞道：「她說他接連好幾天心神彷彿錯亂，舉止失常，盡在說一些奇怪的說話，懷疑他有什麼病，所以找我去看看他。」

常護花道：「你看出他有什麼病？」

郭璞道：「以我看，他什麼病也沒有。」

常護花轉朝楊迅說道：「那份記錄豈非這樣記載？」

楊迅道：「我早就認爲那份記錄絕對沒有問題。」

郭璞奇怪道：「你們說的，是什麼記錄？」

常護花回答道：「崔北海留下來的，記載著由三月初一至十五日之內他的遭遇。」

郭璞道：「三月十二那天的事情都記載在裏面？」

常護花點點頭，道：「記載得非常詳細。」

郭璞道：「哦？」

常護花道：「看過病之後，崔北海是不是留你在家中用膳？」

郭璞道：「是。」

常護花道：「易竹君是不是親自下廚弄了一碟水晶蜜釀蝦球？」

郭璞頷首道：「她弄得最好的就是這樣小菜。」

常護花道：「崔北海吃那些蝦球的時候是不是發生了一件非常奇怪的事情？」

郭璞道：「這件事他也有寫下來？」

常護花道：「有。」

郭璞道：「這件事的確非常奇怪，他挾了一個蝦球入口，才一口咬下就吐了出來，然後不停的作嘔，說那並不是蝦球，是吸血蛾球。」

常護花道：「事實是不是？」

郭璞微喟道：「怎會是？我本來相信自己的診斷，但看見那種情形，亦不能不有所懷疑。」

常護花道：「你懷疑什麼？」

郭璞道：「懷疑他的腦袋有毛病，我雖然在脈理方面也頗有心得，但毛病若是出自腦袋，卻不是那麼容易診斷出來，那之前的我的診斷未必就沒有錯誤。」

常護花道：「既然有這種懷疑，怎麼你不仔細再替他看看？」

郭璞苦笑道：「我是有這個打算，可是那時候，他簡直就將我們當做妖怪一樣，喝止我們接近他，旋即就逃了出去。」

楊迅盯著郭璞道：「他正是將你們當作妖怪。」

郭璞愕然說道：「他怎麼會有這種念頭？」

楊迅道：「你自己應該明白。」

郭璞又一聲苦笑，道：「我就是不明白。」

楊迅道：「你裝的倒像。」

郭璞嘆了一口氣，忽問道：「崔北海真的死了？」

楊迅道：「怎麼你還未能肯定他已經死亡？」

郭璞嘆息道：「楊大人何以如此肯定崔北海的死亡與我們兩人有關係？」

楊迅道：「兩個原因。」

郭璞道：「請說。」

楊迅道：「一、崔北海那份記錄中，一再提及你們兩人企圖殺害他！」

郭璞道：「這……」

楊迅不容他分辯，繼續道：「二、崔北海的屍體在他們夫婦的寢室後面的一個小室內發現，要到那小室，必須先進入寢室，在發現崔北海的屍體的同時，我們更發現吸血蛾。」

「千百隻吸血蛾在吸屍體的血，噬屍體的肉。」

郭璞打了一個寒噤，道：「有這種事情？」

看樣子，他似乎真的什麼也不知道。

常護花的目光始終沒有離開郭璞的臉龐，一直留意著郭璞臉上的神情變化，那看在眼內，不由暗忖道：「這件事莫非真的與他並沒有任何關係？」

楊迅即時又道：「除了他們夫婦兩人，我絕不相信還有人能夠將屍體以及那麼多的吸血蛾收藏在那間小室內，不爲人察覺。」

郭璞沉吟道：「我也不相信。」

楊迅道：「受害者卻是他們夫婦兩人中的一人，剩下來的一人，豈非就嫌疑最重？」

郭璞不能不點頭，道：「就是這兩個原因，所以你拘捕我們？」

楊迅道：「這兩個原因，是不是已足夠？」

郭璞點頭道：「不錯已足夠。」

楊迅道：「那還說什麼，跟我回衙門去。」他的左手一探，連隨就抓向郭璞的肩膀。

郭璞不等他抓到，一個身子已往後一縮。

楊迅立時就嚷了起來道：「好小子，你竟敢拒捕？」

郭璞搖手道：「我不是拒捕，只是還有話要說。」

楊迅道：「有話到衙門再說。」

郭璞道：「到時說只怕太遲了。」

楊迅道：「你這樣拖延時間，並沒有任何用處。」

常護花一旁突然插口道：「且聽他還有什麼說話。」

楊迅望一眼常護花，無可奈何的道：「也好。」

郭璞吁了一口氣，道：「無論楊大人是否相信，有句話我必須先說清楚。」

楊迅不耐煩地道：「要說快說。」

郭璞道：「我並沒有殺害崔北海。」

楊迅道：「你沒有，那是易竹君下手的了。」

郭璞道：「這件事我相信與那表妹亦沒有關係。」

楊迅冷笑道：「哦？」

郭璞道：「人如果是我們殺害的，怎會不毀屍滅跡？若說是個人所爲，我沒有理由，亦不可能將屍體放進那個小室內；我那個表妹亦沒有理由，在殺人之後，仍然將屍體留下來。」

楊迅道：「這方面，你不必替我們擔心，我們已經有很好的理由，來解釋這些事。」

郭璞道：「我知道，不過相信都只是出於推測。」

楊迅並沒有否認。

郭璞連隨就問道：「只不知楊大人有沒有懷疑到那也許是別人移屍嫁禍？」

楊迅冷笑一聲，說道：「誰移屍嫁禍你們？」

郭璞道：「也許就是史雙河。」

「史雙河？」楊迅皺起了眉頭。「這名字我好像在什麼地方聽說過。」

杜笑天道：「史雙河就是聚寶齋本來的主人。」

楊迅給杜笑天這一提，似乎也想起了這個人，脫口道：「就是他！」

杜笑天轉顧常護花道：「常兄有沒有聽說過這個人？」

常護花頷首，說道：「史雙河的一柄鐵劍，三枚飛環，在江湖上並不是全無份量。」

杜笑天道：「據我所知，他那個外號就是叫做飛環鐵劍。」

十六　聚寶之賭

常護花道：「近年來已很少聽到他的消息了。」

杜笑天道：「常兄認為，他這個人如何？」

常護花答道：「我與他素未謀面，人如何，又豈會清楚，但據講，也是一個俠客。」

杜笑天道：「這相信是事實。」

常護花道：「你與他並無交往？」

杜笑天搖頭，道：「只是碰巧在路上見過幾次面。」

常護花道：「他與崔北海之間有什麼過不去的地方？」

郭璞立時道：「我那個表妹如果不是崔北海，早已成為他的妻子。」

常護花道：「他們是情敵？」

郭璞道：「可以這樣說。」

常護花道：「這就奇怪了。」

楊迅插口問道：「你奇怪什麼？」

常護花道：「史雙河竟然肯將聚寶齋賣給自己的情敵。」

楊迅沉吟道：「我也覺得這件事非常奇怪。」

郭璞解釋道：「史雙河在將聚寶齋賣給崔北海之時，並不知道崔北海是他的情敵，他那間聚寶齋事實也並不是賣給崔北海的。」

常護花道：「不是賣難道是送？」

郭璞搖頭道：「也不是送，是輸。」

常護花詫聲道：「你是說那間聚寶齋是崔北海從史雙河的手中贏過來的？」

楊迅道：「事實是如此。」

杜笑天道：「這件事我也知道一二，那間聚寶齋的確是史雙河輸給崔北海的。」

常護花道：「他的出手倒也驚人。」

杜笑天道：「這個人本來就是嗜賭如命，但一注就將那麼大的莊院輸掉，實在是驚人之舉。」

常護花道：「想不到崔北海也賭得這麼兇。」

杜笑天道：「這點，亦是在我意料之外。」

郭璞道：「他當時卻是存心與史雙河狠狠的賭一賭！」

常護花詫異道：「何以他有這樣的打算？」

郭璞道：「因爲他老早就已看中那間聚寶齋，一心想據爲己有。」

常護花道：「聚寶齋無疑是一個很好的地方。」

郭璞接說道：「在那件事之前，他已先後幾次找人與史雙河接頭，打算買下那間聚寶齋。」

常護花道：「史雙河不肯賣？」

郭璞道：「不肯。」

常護花道：「擁有那麼大的一間莊院的人，相信也不會窮到哪裏去，他本身有錢，自然不肯出賣了。」

郭璞道：「當時他已不怎樣有錢。」

常護花道：「哦？」

郭璞道：「聚寶齋本來就是一間珠寶店子，可是在當時，生意已幾乎完全結束了。」

一頓他又道：「史雙河嗜賭如命，又不善經營，早在那之前，所謂聚寶齋差不多已一寶不剩。」

常護花道：「既然是這樣，史雙河爲什麼不肯將之出賣？」

郭璞道：「只爲了那是他家祖傳的產業。」

常護花道：「如此何以他又肯將之孤注一擲？」

郭璞道：「因爲那時候他喝了不少酒，一個人醉酒之下，往往都不顧後果。」

常護花道：「是崔北海叫他以聚寶齋下注，還是他自己的意思？」

郭璞道：「他們本來是賭錢，所下的賭注卻足以將聚寶齋買下來。」

常護花道：「史雙河當時有沒有那麼多的錢？」

郭璞道：「沒有。」

常護花道：「酒醉也有三分醒，他既然知道自己沒有怎麼還要賭？」

郭璞道：「這是由於崔北海出言相激，又示意他可以用聚寶齋來抵押。」

常護花道：「他這就更加應該審慎考慮。」

郭璞道：「可惜他已經醉酒在先，本性又好勝，在大庭廣眾之下，更怕給人瞧低了，說他輸不起，何況他還認爲自己一定不會輸，一定可以贏。」

常護花明白這種心理。這豈非也就是一般賭徒的心理？

郭璞道：「卻不知，除非他不賭，否則就一定輸給崔北海。」

常護花道：「崔北海在賭方面以我所知並不怎樣高明。」

郭璞道：「史雙河也是一樣，何況他當時已醉得差不多了，而且崔北海更有足夠的金錢來跟他賭下去。」

常護花說道：「這倒是勝負最大的關鍵。」

郭璞道：「是以除非他的運氣特別好，一直贏下去，使崔北海不能不罷手。」

常護花點頭道：「這是因爲崔北海可以輸給他很多次，他卻只是輸給崔北海一次。」

郭璞道：「他的運氣卻糟透了，一開始就輸給崔北海。」

常護花道：「這一來，賭局當然不能再繼續下去。」

郭璞道：「除了聚寶齋之外，他已沒有其他可以抵押的東西。」

常護花道：「事情表面上看來似乎也相當公平！」

楊迅道：「史雙河的醉酒以至賭局的組成卻全都是出於崔北海的安排，是一個圈套。」

常護花道：「史雙河想必也是這個意思。」

郭璞道：「當時他卻並未說任何話，拱手將聚寶齋送給了崔北海，他畢竟是一個拿得起，放得下的人。」

常護花道：「聚寶齋也沒有了，易竹君那方面他當然更搶不過崔北海。」

郭璞道：「他那才光火起來。」

常護花道：「兩件事的發生相隔有多久？」

郭璞道：「前後相隔不到兩月，所以史雙河才認爲崔北海的一切都是有計畫的行動，目的在得到我那個表妹。」

常護花道：「史雙河採取什麼行動報復？」

郭璞道：「他沒有報復，在我那個表妹下嫁崔北海的當日，就收拾一切悄然離開。」

常護花道：「何去何從？」

郭璞道：「他沒有透露，也沒有人再去理會他。」

人情冷暖，世態炎涼，常護花並不難想像，說道：「這個人果真是拿得起，放得下。」

杜笑天悶到現在，終於忍不住插口問道：「他既然已經離開這裏，吸血蛾這件事他又怎會扯上關係？」

郭璞道：「在三個月之前，他已經回來。」

杜笑天一怔。

郭璞道：「這一次回來，他目的就在找崔北海算帳。」

杜笑天道：「如果要找崔北海算帳，早就應該找的了。」

郭璞道：「三年前他知道自己並不是崔北海的敵手。」

杜笑天道：「這三年以來，莫非他已練成了什麼驚人的絕技？」

郭璞道：「關於這方面，我不大清楚，也許是練成了什麼驚人的絕技，也許找到了什麼旁門左道，總之聽他的說話，已隨時可以置崔北海於死地。」

常護花忽笑道：「這個人倒有些君子作風。」

郭璞道：「嗄？」

常護花道：「所謂君子復仇，三年不晚。」

郭璞莞爾道：「原來是這個意思。」

常護花卻連隨收起了笑臉，瞪著郭璞道：「他的事你何以知道得這樣清楚？」

杜笑天相繼問道：「你什麼時候見過他？爲什麼他竟會告訴你那些事？」

楊迅亦插口問上一句：「他與你到底是什麼關係？」

三個人一齊發問，郭璞一時間也不知道先回答哪一個才是。

他嘆了一口氣，自顧道：「史雙河曾經是我的病人。」

楊迅忍不住又問道：「他是什麼病找你？」

郭璞道：「那次他是一時不小心，著了涼，服過一帖藥，休息片刻就好了。」

楊迅道：「何以你如此肯定？」

郭璞道：「那帖藥他就是在我那裏煎服。」

他想想又道：「一發覺自己已沒有事，他就一定要我陪他去喝幾杯，對著這種不知自愛的病人，當時我實在感到有些啼笑皆非。」

楊迅道：「結果你有沒有陪他去？」

郭璞道：「不去也不成。」

楊迅道：「為什麼？」

郭璞道：「我的力氣沒有他的大，再說這也是他的一番好意。」

楊迅道：「他就是在那時候告訴你那些事？」

郭璞道：「那時候他已經有好幾分酒意，所以我相信他說的是真話。」

楊迅道：「他是否告訴你這次回來的目的就在報復？」

郭璞點頭。

楊迅又問道：「他有沒有對你提及吸血蛾那種東西？」

郭璞道：「這個倒沒有。」

楊迅道：「你又有沒有將他那些話告訴別人？」

郭璞道：「沒有。」

楊迅道：「也沒有告訴崔北海？」

郭璞道：「我與他之間，一直都沒有來往。」

楊迅道：「你也一直都沒有到過聚寶齋？」

郭璞道：「就只是三月十二日，我那個表妹找人來找我去替她看病，到過了一次。」

楊迅道：「當時你大可以跟他說。」

郭璞道：「我一時卻沒有想起，到我想起之際，他已經將我視如鬼怪！走避都猶恐不及，又怎會再與我說什麼，聽我說什麼？」

楊迅道：「哦？」他一面懷疑之色。

杜笑天旋即問道：「那之後你有沒有再見過史雙河？」

郭璞點頭道：「再見過一次。」

杜笑天道：「又是找你看病？」

郭璞道：「是，就是看病，不過是找人來請我到他的住所去。」

杜笑天道：「無疑的又是他？」

郭璞道：「是。」

杜笑天道：「這一次又是什麼病？」

郭璞道：「與前次一樣，只是重了一些。」

楊迅忽問道：「他住在什麼地方？」

郭璞道：「城東郊的一間客棧，那間客棧據講是他的產業。」

楊迅追問道：「那間客棧，叫什麼名字？」

郭璞道：「雲來。」

楊迅回顧常護花，道：「我們走一趟雲來客棧如何？」

常護花並無異議。

楊迅道：「也許在那裏，我們又有所發現。」

他的目光連隨轉回郭璞的面上，道：「你也去，給我們帶路。」

郭璞淡笑道：「我能夠不去？」

楊迅道：「當然不能夠，由現在開始，未得我許可，你休想離開半步。」

郭璞輕嘆道：「楊大人儘管放心，事情未解決之前，我不會擅自離開。」

楊迅道：「這樣最好，彼此也省得麻煩。」

郭璞無言，舉起腳步，神態從容而鎮定。

常護花、楊迅、杜笑天都看在眼內，不由都起了一個念頭。

——這件事難道真的與他沒有關係？是史雙河在作怪？他們連隨跟上去。

無論是與否，只要找到史雙河，就會有一個解答，他們只希望史雙河仍然在雲來客棧。

雲來客棧不錯有一個很好的名字，只可惜在城東郊。

城東郊的道路並不好走，何況這間客棧所在的村子離城雖不近，卻也並不遠，腳步快一些的人，縱然入黑時來到，仍可以來得及趕入城。

所以雲來客棧並不是客似雲來。這個村子，也根本就是一個貧乏的村子。

整個村子只有一條石板的街道。雲來客棧當然就在街道的一旁。

街道上只有幾個小孩子嬉戲，客棧的門前更加冷落。

常護花他們走近去，才發覺客棧的兩扇門緊緊的閉上，其中的一扇門之上更貼著一張寫著「休業」兩個字的通告。

紙已殘，字亦已褪色，這間雲來客棧通告休業顯然已不少時候。

常護花三人不約而同望了一眼郭璞。

郭璞適時道：「這間客棧早在六個月之前據講就已停止營業。」

他連隨兩步上前，抓起了一個門環，用力的在門上叩了幾下。

一個聲音旋即在門內傳出：「誰？」

郭璞應聲道：「是我，郭璞！」

那個聲音立時變得尖銳起來：「原來是郭兄！」

腳步聲跟著響起。很奇怪的腳步聲，彷彿走路的那個人站都已不能站穩。

腳步聲在門後停下，門卻是並沒有立即就打開，門一會才打開。

一股強烈的酒氣，立即撲上四人的面門。四人亦同時看到了開門的那個人。

那個人扶著一扇門戶，一個身子猶自在搖搖欲墜。

他的右手捏著一隻酒杯，杯中酒仍滿，一身藍布長衫之上亦滿是酒漬。

他一頭亂髮，鬍子亦亂七八糟，也不知多少天沒有梳洗。

門內沒有燈，所有的窗口全部關閉，陰森森一片，人簡直就像幽冥中出來。

事實上他的面色正就是傳說中的幽冥群鬼一樣，沒有絲毫的血色，青白的恐怖，但一雙眼珠卻佈滿了血絲，紅得彷彿要滴血。

突然看見這樣的一個人，誰都難免大吃一驚。

幸好現在還是大白天，他們的膽子現在又已大了不少。

經過聚寶齋那個閣樓的那番遭遇，一般的事情已很難令他們吃驚的。

所以真正吃驚的只有郭璞一個人。郭璞似乎第一次看見那個人，怔住在當場。

常護花目光一轉，落在杜笑天面上，道：「這個人是不是史雙河？」

杜笑天道：「不錯就是他。」

常護花問道：「以前，他也是這個樣子？」

杜笑天搖頭道：「他以前非常著重衣飾。」

常護花道：「一個人的衣飾可以一日數易，相貌卻不會三年就盡變。」

杜笑天道：「所以他雖然不修邊幅，我還是一眼就將他認出來。」

楊迅接口道：「我也認出他來了。」

常護花道：「他看來比崔北海要大得多。」

杜笑天道：「這點我倒不大清楚。」

楊迅道：「就現在看來，他最少已經有五十歲。」

杜笑天道：「這點我倒不大清楚。」

史雙河那邊即時大大的嘆了一口氣，道：「我看來真的這麼老了？」

三人的說話史雙河似乎都聽在耳內。

楊迅轉問道：「你今年事實多大？」

史雙河道：「再過一個月，才足三十九。」

楊迅道：「你四十歲都沒有？」

史雙河道：「我又不是女人，沒有隱瞞自己的年齡這種需要。」

楊迅道：「但表面看來，你的確只像五十，不像三十九。」

史雙河搔首道：「三年前卻有人說我表面看來最多只有三十。」

他又嘆了一口氣，道：「才不過三年，我怎麼看來竟老了二十歲？」

楊迅道：「你自己沒有察覺？」

史雙河道：「我只是察覺一件事。」

楊迅道：「什麼事？」

史雙河嘆息道：「我的心，已快將老死。」

楊迅道：「你還惦記著三年前的那件事？」

史雙河點頭。

楊迅不由亦嘆息一聲。

史雙河接道：「我已經盡量想辦法忘記那件事的了。」

楊迅道：「你喝酒莫非也是因爲這個原因？」

史雙河點頭，道：「這本來是一個很好的辦法，只可惜近來已不大有效。」

楊迅道：「哦？」

史雙河道：「因爲我的酒量一日比一日好，近來已不易醉倒。」

楊迅問道：「怎麼不見你對崔北海採取報復？」

史雙河忽然笑了起來，道：「因爲那之後不久，我就已經完全想通了。」

楊迅奇怪道：「想通了什麼？」

史雙河道：「那件事雖然是出於崔北海的刻意安排，倘若我不好賭，他根本就沒有辦法，那間聚寶齋根本就不會落到他手上，一切其實都是自作孽，怪不得別人。」

他稍歇又道：「也不怕直說，以當時我的嗜賭如命，聚寶齋就不在那一次輸掉，始終都不免輸掉，不過是遲早問題。」

楊迅瞪著史雙河，神色更顯得奇怪。

史雙河接道：「再講那一次的賭相當公平，自己的運氣不好，那是無可奈何的事情。」

楊迅道：「易竹君那方面又如何？」

史雙河面容一黯，道：「即使聚寶齋還在我的手中，在易竹君那方面，我一樣不是他的對手。」

楊迅道：「你並不像那種自甘失敗的人。」

史雙河道：「事實放在眼前，不由人不低頭。」

他一聲嘆息道：「在當時，我餘下的田產加起來，最多不過是一間聚寶齋的價值，是否能夠與崔北海較量，大概已不必多作說話，也根本就無法滿足易大媽的需索。」

楊迅道：「是以你只有罷手？」

史雙河道：「非罷手不可。」

楊迅說道：「你看來，似乎並沒有喝醉。」

史雙河格格笑道：「我現在雖然感覺到有些頭重腳輕，神智還清醒。」

楊迅接著又問道：「你說的都是真話了？」

史雙河笑道：「我落到現在這般田地，已然是公開的秘密，根本就不必諱忌什麼。」

楊迅道：「對於任何陌生人，也是一樣？」

史雙河點頭道：「你在我來說並不陌生。」

楊迅問道：「莫非你已知道了我是誰？」

史雙河笑道：「鼎鼎大名的楊總捕頭，這地方不認識的人還不多。」

楊迅失笑道：「怪不得你有問必答，完全不像是對待陌生人的樣子。」

史雙河目光轉向杜笑天，道：「這位如果我記憶沒有錯誤，想必就是杜副捕頭了。」

杜笑天道：「正是杜某。」

他轉顧常護花道：「這位史兄可知是誰？」

史雙河瞇起一雙醉眼，上上下下的打量了常護花幾遍，搖頭道：「面生得很，未知……」

杜笑天道：「常護花常大俠。」

史雙河一怔，旋即破聲大笑道：「原來是常兄！」

楊迅道：「怎麼現在又認識他了？」

史雙河笑道：「我只是認識常兄的名字，江湖上，不認識這個名字的人只怕萬中無一。」

十七 群蛾飛回

他向著常護花一步跨前，笑接道：「聞名久矣，就是一直沒有機會相見，今日一面，足慰平生，非盡一杯不可。」他連隨舉杯，仰首往口中傾盡杯中之酒。

多了這一杯，他的腳步更顯得輕浮，居然還沒有醉倒地上。

常護花看著他，笑笑問道：「你就只得這一杯酒？」

史雙河大笑，道：「裏頭酒多著，就怕常兄不賞面。」

常護花卻道：「可惜現在不是喝酒的時候，我們還有很多事情等著做。」

史雙河這才彷彿想起了什麼，道：「幾位可是到來找我？」

常護花道：「正是。」

史雙河道：「未知有何指教？」

常護花道：「豈敢。」

他緩緩接道：「我們是有好幾個問題無法解釋，不得不走來請教一下。」

史雙河道：「言重言重，有話只管問，我知無不言。」

常護花連隨問道：「那一賭之後，史兄是哪裏去了？」

史雙河伸手向裏邊一指，道：「就是躲在這個客棧。」

他嘆息一聲，接道：「當時我心灰意冷，既無顏，也實在不想再在城中惹人笑話。」

常護花道：「有人說，你當時遠走他方。」

史雙河搖搖頭，道：「沒有這種事，雖然輸掉聚寶齋，我還有不少田產，只要我安安份份，不再沉迷賭博，生活絕不成問題。」

他苦笑，接道：「自從那一次之後，我事實亦已絕足賭場。」

常護花道：「果真如此？」

史雙河道：「這附近的人，相信都可以替我作證。」

常護花問道：「你那些田產，如何處置？」

史雙河道：「都租與別人。」

常護花道：「你只是收取租金？」

史雙河點頭，道：「我雖然很想留幾畝田地給自己，只可惜耕種那門子的學問我完全不懂。」

常護花道：「那些租金，你又如何收取？」

史雙河道：「每一季季末，他們將租金送來這裏。」

常護花道：「雲來客棧這裏？」

史雙河道：「正是。」

常護花道：「三年來你有沒有遠走他方，他們豈非亦可以替你作證？」

史雙河道：「嗯。」

郭璞一旁實在忍不住了，插口道：「你不是對我說三年來浪跡江湖，三個月之前，才回來這裏？」

史雙河一怔，道：「我什麼時候對你這樣說過了？」

郭璞說道：「第一次你找我看病的時候。」

史雙河道：「我是找過你看病。」

郭璞道：「那帖藥你是不是就在我那間醫館之內煎服？」

史雙河道：「是。」

郭璞道：「事後，你是不是請我去喝酒？」

史雙河道：「是。」

郭璞道：「你大概還沒有忘記我們在什麼地方喝酒？」

史雙河不假思索，道：「狀元樓。」

郭璞道：「當時你是不是喝醉了？」

史雙河這一次卻搖頭，道：「誰說我那時喝醉了？」

郭璞瞪著他。

史雙河接道：「我記得當時我們一共叫來四壺酒，四碟小菜。」

郭璞道：「兩壺酒你最少喝掉了一壺半。」

史雙河道：「以我現在的酒量，莫說一壺半，再多四五倍，也一樣可以應付得來。」

郭璞道：「我們離開的時候，你已經站都站不穩。」

史雙河笑笑道：「我有沒有需要你攙扶？」

郭璞道：「這個倒沒有。」

史雙河道：「我是不是自己走過去結帳，自己下樓去？」

郭璞道：「是。」

史雙河道：「那一次我們一共用去了三兩銀子。」

他接道：「下樓後，我們就碰見了曹姥姥……」

杜笑天截口笑道：「賣糖炒栗子的那個曹姥姥？」

史雙河道：「正是那個曹姥姥。」

他思索著道：「她還認識我，嚷著一定要我買一包糖炒栗子。」

杜笑天道：「你有沒有買？」

史雙河道：「有，雖然今非昔比，一包糖炒栗子我還買得起。」

杜笑天問道：「曹姥姥的糖炒栗子當時怎樣賣？」

史雙河道：「老價錢，五分銀子一包，我要了她一包，卻給了她一錢銀子。」

杜笑天瞟了郭璞一眼。

郭璞目定口呆，怔怔的瞪著史雙河。

史雙河當時若是真的已醉酒，對於那些事情又怎會記憶得這麼清楚？

杜笑天再向史雙河問道：「當時你到底對他說過了什麼？」

史雙河回憶著道：「也沒有什麼，我記憶所及，只是一些風花雪月的事情。」

杜笑天緊接問道：「真的一些特別也沒有？」

史雙河道：「若說特別，那件事或者比較特別。」

杜笑天道：「哪件事？」

史雙河道：「飲食間他曾經問我居住的地方附近有沒有空房子出租。」

杜笑天道：「你如何回答？」

史雙河道：「我據實回答，這附近並沒有空房子出租，就只是我這間雲來客棧已休業，有空可以租出去。」

杜笑天道：「他又怎樣說話？」

史雙河道：「過幾天他會去看看，如果合適，就租下來。」

杜笑天問道：「結果，他有沒有到這裏來？」

史雙河道：「有。」

杜笑天道：「是什麼時候的事情？」

史雙河道：「約莫十日後。」

杜笑天道：「來看屋子？」

史雙河道：「是。」

常護花接口問道：「不是你請他來看病？」

史雙河一怔，道：「誰說的？」

郭璞大聲道：「我！」

史雙河道：「你這樣說目的何在？」

郭璞道：「我正要問你方才那麼說目的何在？」

史雙河道：「你是說我方才說謊？」

郭璞道：「你就是說謊！」

史雙河道：「我爲什麼要這樣做？」

郭璞道：「掩飾你自己的罪行。」

史雙河反問道：「我犯了什麼罪需要這樣掩飾？」

郭璞道：「你自己應該明白。」

「我就是不明白。」史雙河轉顧常護花。「到現在爲止我還不知道發生了什麼事情？」

常護花淡應道：「是麼？」

史雙河再問道：「你們這一次聯袂來找我，究竟有什麼目的？」

常護花不答，卻向郭璞道：「你說他著人請你來這裏看病？」

郭璞道：「事實是如此。」

常護花道：「他派去請你來的是什麼人？」

郭璞道：「那是一個老頭兒，自稱姓郭，是他的鄰居，帶來了一輛破舊的馬車。」

常護花道：「姓郭的老頭兒就用那輛馬車將你送到這裏？」

郭璞道：「送到村口，他說還有其他的地方要去，待我下了車後，就回車走了。」

常護花正想再問什麼，史雙河已然接口，道：「這個村子中並沒有一戶姓郭的人家，也沒有一個姓郭的老頭兒。」

郭璞冷哼道：「真的麼？」

史雙河道：「這個村子中並不是只得我一個活人，亦不是只得懂得我說話。」

常護花道：「是否有姓郭的老頭兒這個人，一查便知。」

他迫視著史雙河，道：「你說郭璞的到來是看屋子？」

史雙河點頭。

常護花道：「看成怎樣？」

史雙河道：「非常滿意。」

常護花道：「租下了？」

史雙河點頭道：「他甚至肯出三千兩銀子。」

常護花道：「這不是一個小數目。」

史雙河道：「我這個雲來客棧生意最好的那一年，整年的收入，也不到一千兩銀子。」

常護花道：「你當然答應。」

史雙河道：「當然。」

他接又說道：「我之所以將這間客棧的生意結束，完全是因爲生意太清淡，難得有人看上它，租下它，又豈會錯過這個機會？何況對方還肯出三千兩銀子？」

常護花道：「三千兩銀子相信已足以買下這間客棧。」

史雙河道：「我買下這間客棧之時，不過用了五百兩銀子。」

常護花道：「他難道看不出這間客棧的價値？」

史雙河道：「也許看不出。」

他瞟了一眼郭璞，接又道：「也許三千兩銀子在他來說不過是一個小數目，他根本沒有放在眼內。」

常護花道：「如此何不索性將這間客棧買下來？」

史雙河道：「依我看，不外乎兩個原因。」

常護花道：「其中的一個原因想必是恐怕你不肯賣給他。」

史雙河點頭，道：「還有的一個原因，卻是因爲他只是暫時需要這間客棧。」

常護花道：「他準備租用這間客棧多久？」

史雙河道：「半年。」

常護花道：「三千兩銀子租用半年，這種賺錢的生意不怕做。」

史雙河道：「所以，我立即答應下來。」

他轉顧郭璞，接又道：「不過那三千兩銀並非完全都是租金。」

常護花道：「租金其實多少？」

史雙河道：「一千兩。」

常護花道：「其餘二千兩又是什麼作用？」

史雙河道：「那是我的工錢。」

常護花道：「他要你幹什麼？」

史雙河說道：「看著這屋子，不許任何人進入，每日給他那一群寶貝，準備食物。」

常護花奇怪道：「這種工作你也願意做？」

史雙河道：「三千兩銀子還不在我眼內，我之所以答應，主要其實是由於好奇心的驅使，對於這件事，發生了濃厚的興趣。」

常護花道：「他租下這個客棧，到底有什麼用途？」

史雙河道：「就是給他那一群寶貝居住。」

常護花追問道：「那一群寶貝到底是什麼東西？」

史雙河的神色立時變得非常奇怪，就連語聲亦變得奇怪起來，道：「是一群青蛾！」

——青蛾！

常護花心頭一凜，杜笑天、楊迅各自面色一變。

郭璞也自變了面色，他張口方待說話，史雙河的說話已然接上：「那一群青蛾是我有生以來所見的最美麗，最妖異的一種飛蛾！」

「牠們通體瑩如碧玉，眼睛卻殷紅如鮮血，翅膀上佈滿了血絲一樣的紋理，第二對翅膀之上還有一雙眼狀的血紋，既像是雀目，又像是蛇眼，蛾肚亦鼻子也似，從背後看來，簡直就像是一張鬼面！」

話口未完，各人已一連打了好幾個寒噤。

史雙河的語聲方落，楊迅脫口就叫了起來：「吸血蛾！那是吸血蛾！」

史雙河一怔，道：「吸血蛾？」

楊迅道：「你說的那些蛾，就是吸血蛾。」

史雙河剎那彷彿想起了什麼，一張臉突然發了青，說道：「牠們似乎真的會吸血……」

常護花截口問道：「你怎麼知道？」

史雙河道：「他要我每天送去給那些蛾的食物就是十隻活生生的兔子。」

常護花問道：「這與吸血，有什麼關係？」

史雙河青著臉道：「第二天我再去的時候，十隻兔子就只剩下十副骨骼，皮消肉蝕，血亦完全消失。」

常護花急問道：「你有沒有看過那些蛾進食的情形？」

史雙河道：「第一次給牠們食物我就在門縫偷看。」

常護花道：「看到了什麼？」

史雙河顫聲道：「我看見牠們成群附在兔身上，入耳盡是霎霎的撲聲與吱吱的好像噬肉吸水的聲音。」

常護花不由打了一個寒噤，道：「牠們現在在哪裏？」

史雙河道：「樓上的廂房內。」

常護花道：「帶我們去一看究竟。」

史雙河點頭，忽然道：「你們也來的正是時候。」

常護花道：「哦？」

史雙河解釋道：「這半年來，一入夜牠們就成群飛了出去，初時我還怕牠們飛掉，可是到了第二天頭上，牠們又成群飛了回來。」

常護花道：「今天，牠們什麼時候回來？」

史雙河道：「比平日晚了很多，回來不久。」

常護花心裏一動，望了一眼杜笑天，又望了一眼楊迅。

杜笑天、楊迅亦同時望著他。三人對望了一眼，視線不約而同都轉向郭璞。

郭璞又是在目定口呆。對於史雙河所說的事情，他顯然是非常意外。

常護花目光一閃，又回到史雙河的面上，想想又問道：「他租下你這間客棧竟不是用來住人，是用來養蛾，你心中有沒有起反感？」

史雙河道：「怎會沒有？」

常護花道：「你卻沒有異議，忍受下來。」

史雙河道：「屋子租了出去，只要對方不是用來開黑店，殺人犯法，就算用來養豬，我也沒有理由反對，再講，我也實在想弄清楚他飼養那一群青蛾的真正目的。」

常護花道：「對於這方面他沒有提及？」

史雙河頷首。

常護花道：「他怎樣說話？」

史雙河道：「一再強調目的在將來提煉某種藥物。」

常護花道：「什麼藥物？」

史雙河道：「醫病的藥物，救人的藥物。」

常護花道：「你相信不相信？」

史雙河道：「不相信。」

常護花道：「如果是提煉藥物，不必走到這裏，也無須這樣秘密。」

史雙河道：「這個問題，他有他的解釋。」

常護花道：「如何解釋？」

史雙河道：「他說是那些吸血蛾的形狀太過恐怖，那麼多養在一個地方，不難惹人非議，官府的追究，縱然對於那些蛾並無多大的影響，畢竟太麻煩，所以就只有暗中飼養，而城中容易爲人察覺，沒奈何搬來城外。」

常護花道：「這個解釋很好。」

他連隨又問：「那些吸血蛾本來養在什麼地方？」

史雙河搖頭，道：「不清楚。」

常護花轉問道：「他是怎樣將那些吸血蛾送到來這裏？」

史雙河道：「用一輛馬車。」

常護花道：「哪一間舖子的馬車？」

史雙河道：「不清楚。」

常護花道：「車把式有多大年紀，身裁如何，相貌怎樣，你是否還有印象？」

史雙河道：「車把式就是他本人。」

常護花道：「所有的事情他都是親做親爲，不假手別人？」

史雙河道：「唯獨按日將那些兔子送進房中這件事例外，這是因爲他沒有時間天天到來。」

常護花道：「他又是如何將那些吸血蛾搬進去客棧？」

史雙河道：「用籠子，他將那些蛾放在幾個鐵籠子之內。」

常護花道：「幾個鐵籠子？那些鐵籠子大不大？」

史雙河道：「五六尺見方。」

常護花方動容道：「他到底帶來多少吸血蛾？」

史雙河沉吟道：「以我估計，不下千隻。」

常護花、杜笑天、楊迅三人不覺又相互交投了一眼。

郭璞的臉龐卻青了。

常護花接道：「所以每天要給牠們十隻兔子。」

常護花連隨問道：「那些兔子是他預先準備還是你去買？」

史雙河道：「每隔十天他親自驅車送來。」

常護花道：「這條村子的居民豈非大都認識他？」

史雙河道：「應該大都認識的了。」

常護花再問道：「他們是否也知道他將幾籠吸血蛾搬進來這裏？」

史雙河道：「這個相信他們就不清楚了，一來我並沒有跟任何人說及，二來那幾籠吸血蛾搬進來的時候，籠子外都蓋上了黑布。」

常護花問道：「其後，他將那麼多兔子送來，難道也沒有人起疑？沒有人問過了？」

史雙河道：「那些兔子送來的時候亦是用蓋上了黑布的籠子載著，否則我既不開兔店，賣兔子，一個人亦沒有可能吃得下那麼多兔子，不惹人懷疑才怪。」

常護花道：「他們對於馬車搬下來的東西想必大已有所懷疑。」

史雙河道：「換了我，我也會懷疑。」

常護花道：「有沒有人問及你，從馬車搬下來的是什麼東西？陌生的來客又是什麼人？」

史雙河道：「他們無疑很想知道，卻沒有人敢來問我。」

常護花道：「何以不敢？」

史雙河道：「因爲，我以往曾經好幾次喝醉了，在這裏鬧得很兇，所以，對我始終心存恐懼，對於我的事情，從來都不敢過問。」

他笑笑又道：「不過側耳我卻已聽到不少說話，他們中有人認爲我是準備重張旗鼓，馬車載來的都是替這間客棧添置的東西，卻也有人認爲我窩藏了一個江洋大盜，那些都是贓物。」

常護花道：「這夠他們吃驚的了。」

史雙河道：「尤其是近這半個月，他們對我更是恐懼，躲避都猶恐不及。」

常護花道：「這又是因何緣故？」

史雙河道：「想必是那些蛾好幾次從這間客棧一窩蜂的飛了出去，給他們見到了。」

常護花道：「你憑什麼這樣推測？」

史雙河道：「前幾天我從村外的草場走過的時候，在那角嬉戲的小孩子就見鬼一樣，其中的一個更嚷了起來……」

常護花道：「嚷什麼？」

史雙河苦笑一聲，道：「養蛾的妖道來了！」

常護花詫聲道：「妖道？」

史雙河撫著自己的腦袋，道：「這大概是由於我平日多數將頭髮束在頭頂之上，用一根簪子穿起，就像是一個道士。」

常護花這才留意到史雙河頭頂上束著的髮髻，果然就像是一個道士髻。

他笑了笑，道：「你聽到了是否很生氣？」

史雙河道：「生氣倒並不生氣，只覺得啼笑皆非。」

常護花接問道：「他最後的一次到來是什麼時候的事情？」

史雙河道：「五日之前。」

常護花道：「送兔子來？」

史雙河道：「三十隻兔子。」

常護花道：「當時還有兔子剩下？」

史雙河道：「一隻都已沒有。」

常護花道：「三十隻兔子只是那些吸血蛾三日的糧食？」

史雙河道：「嗯。」

常護花道：「通常一次他送來多少隻兔子？」

史雙河道：「每十天一次，每次一百隻。」

常護花道：「這次他只是送來三十隻，你當然會問他是什麼原因。」

史雙河點頭。

常護花道：「他怎樣回答？」

史雙河道：「他說三日之後，另有安排。」

常護花道：「此外他還有什麼特別的說話？」

史雙河稍作思紫，道：「有兩句。」

常護花、杜笑天、楊迅不約而同的傾耳靜聽，郭璞亦是聚精會神的樣子。

史雙河接著道：「我無意聽到他喃喃自語什麼——十五月圓，諸事皆宜。」

常護花道：「你是否明白他這句說話是什麼意思？」

史雙河搖頭道：「不明白。」

常護花、杜笑天、楊迅又相互交投了一眼。

史雙河不明白，他們明白。

常護花接又問道：「十五月圓之夜，那群吸血蛾是否又飛走？」

史雙河點頭道：「當夜那一輪明月猶未到中天，群蛾就聞始騷動起來。」

常護花道：「其時你還未入睡？」

史雙河道：「方才入睡。」

常護花道：「群蛾將你驚動了？」

史雙河點點頭說道：「牠們騷動得也實在太厲害，前所未有，我忍不住上去瞧瞧，正好看見群蛾，迎著天上的月亮飛去。」

常護花道：「次日才飛回？」

史雙河搖搖頭，道：「今天早上才飛回。」

常護花道：「這是說牠們曾經失蹤了兩天多三天？」

史雙河道：「不錯。」

常護花道：「這些日子以來你有沒有嘗試追蹤牠們？」

史雙河道：「我是有過這個念頭，尤其十五那天晚上，那股追蹤的衝動更加強烈。」

他忽然搖頭，道：「只可惜我並非背插雙翼，牠們的行蹤飄忽，又迅速，霎眼間就消失在迷濛的月色中。」

常護花道：「是麼？」

史雙河一攤雙手，道：「我事實不知道群蛾那三天飛去了什麼地方。」

常護花微微頷首，杜笑天、楊迅四目交投。

史雙河不知道，他們知道。

十八　撲朔迷離

常護花目光即轉向郭璞，道：「你聽到了？」

郭璞不由自主的點頭。

常護花道：「他說的是否事實？」

郭璞混身猛一震，厲聲疾呼道：「怎會是事實，他說謊。」他突然撲前，抓住了史雙河的胸襟，道：「你爲什麼要說謊？爲什麼要嫁禍我，陷害我！」

史雙河沒有閃避，由得郭璞抓住自己的胸襟，也沒有分辯，只是望著常護花。

常護花站在那裏，沒有動，因爲杜笑天、楊迅已然上前左右抓住了郭璞的雙手，硬將郭璞的手拉開，將郭璞的人拉開。

郭璞掙扎道：「你們不要相信他的說話。」

楊迅暴喝道：「住口！」這一聲霹靂一樣，喝住了郭璞。

常護花隨即道：「先到樓上去瞧瞧那些吸血蛾再說。」

史雙河第一個贊成，頷首道：「你們隨我來！」他轉身舉步，常護花緊跟在他身後。

郭璞第二個跟上，卻不是出於自願，是楊迅、杜笑天將他推前。

楊迅、杜笑天兩人一推鬆手，同時舉起了希望。

他們都希望能夠儘快弄清楚史雙河所說的是否事實。

郭璞也許是例外，只可惜前有史雙河、常護花，後有杜笑天、楊迅，一切行動已不能自己，說到離開就更成問題。現在還可以離開，除非他就真的是一個妖怪。

客棧也不知多久沒有打掃，大部份的地方佈滿了灰塵，屋樑牆角更張著不少蛛網。

本來已經簡陋的地方這就更顯得簡陋，簡陋而陰森。

梯級大概因爲多用的關係，灰塵是少了，卻似乎並不怎樣堅固，人走在上面，格吱格吱的作響，就好像隨時都會斷折。

楊迅提心吊膽的走上了幾級，忽笑道：「我實在擔心這道梯子突然塌下去。」

史雙河腳步不停，偏頭道：「這方面你儘可以放心，我每天最少都上落兩次，現在不是仍活得很好？」

楊迅道：「這地方本來不錯，就是蛛網灰塵太過多，怎麼不打掃一下？」

史雙河道：「因爲我沒有空。」

楊迅道：「你平日在忙什麼？」

史雙河道：「喝酒。」

楊迅搖頭道：「看來這間雲來客棧果然準備就此結束的了。」

史雙河一笑不答。

楊迅接著又道：「這樣的地方，奇怪你居然能夠住得下去。」

史雙河又是一笑，道：「楊大人對於酒有沒有興趣？」

楊迅點頭道：「我喝的酒保證絕不比你少。」

史雙河忽問道：「醉鄉美不美？」

楊迅道：「美極了。」

他笑笑接道：「我清醒之時，只知道自己是一個捕頭，可是一進入醉鄉，卻覺得自己簡直就是一個王侯。」

史雙河笑道：「我長年徘徊在醉鄉之中。」

楊迅會意道：「所以現實的環境怎樣，你都不在乎？」

史雙河道：「絕不在乎。」說話間，五人已先後上到樓上。

未到樓上他們已嗅到一種妖異的惡臭，噁心的惡臭，一到樓上這種惡臭就更加強烈。

他們已陷入惡臭之中。這種惡臭彷彿不斷的透過他們的肌膚進入他們的血液。

他們忽然感覺自己的血液似乎已開始發臭，整個身體似乎都開始發臭。幸好這並非事實。

在他們面前，是一條走廊。走廊的兩邊，左右各四間廂房，七間廂房的門戶大開，就只有左邊最後的那間廂房例外。

那間廂房的門戶緊緊關閉，門左邊，也就是走廊盡頭，放著幾個鐵籠子。惡臭似乎就來自那間廂房。

他們還未走近去，已聽到一陣陣非常奇怪的聲音，從房內傳出。

那種聲音就像是一群人正在咀嚼著什麼東西。

對於這種聲音，常護花、杜笑天、楊迅已不會感到陌生。

三人機伶伶的打了個寒噤，面色也變了。

杜笑天鐵青著臉，道：「群蛾就是在那個房間之內？」

史雙河點頭。

杜笑天連隨又問：「是你將籠子打開，放牠們進去？」

史雙河瞟一眼郭璞，道：「是他。」

郭璞怒道：「胡說！」

史雙河不管他，接道：「才搬來他就打開籠子，放牠們進去。」

杜笑天道：「之後就由你每日將兔子送進房內？」

史雙河道：「正是。」

杜笑天道：「當時你是不是都在醉酒之下？」

史雙河道：「在給牠們兔子之前，滴酒我不敢沾唇。」

杜笑天道：「哦？」

史雙河道：「因爲我怕酒癮大發，真的喝醉了，推門闖進去。」

杜笑天道：「你不是自將那些兔子送進去餵牠們？」

史雙河搖頭道：「我沒有這麼大的膽子。」

杜笑天道：「然則你如何處理這件事情？」

史雙河道：「房門上有一道活門，我是將那些兔子由活門一隻隻送進去。」

他加快腳步，幾步走過去，伸手往門上一按。

一尺見方的一塊門板，立時由外向內打開。一鬆手，活門又關上。

常護花盯著史雙河，忽然道：「方才我見你還有幾分酒意，現在卻好像一分都已沒有了。」

史雙河道：「現在我的確已好像酒意全消。」

他咽喉的肌肉一下抽搐，接道：「這種聲音，這種氣味，無疑就是最好的醒酒劑。」

常護花不由點頭。

因爲他現在已經來到那間廂房的前面，一群蛾正在咀嚼著什麼東西也似的那種聲音已經尖針般刺激他的神經，那種惡臭的氣味更彷彿已經穿透他的胃壁。

他沒有嘔吐，卻已感到胃部在收縮。「怎會這麼臭？」

他喃喃自語，走近去，將那塊活門推開少許。

惡臭更強烈，他閉住氣息，凝目往內望進去，一房都是吸血蛾！

房內並沒有任何陳設，床几都已被搬走，卻放著一個竹架。那個竹架幾乎有半個房間那麼大小，所用的竹枝完全未經加工，橫枝竹葉甚至很多都沒有削掉。

千百隻吸血蛾有些附在竹枝上，有些飛舞在竹架的周圍。血紅的眼睛，碧綠的翅膀。這本來美麗，現在在常護花的眼中，只覺得猙獰恐怖。房間的窗戶赫然完全打開。

那些吸血蛾竟一隻都沒有飛向窗外，儘管在飛舞，亦不離竹架附近。

竹架前面一大堆枯骨，卻不是人骨，從形狀看來，應該是兔骨。

那大堆枯骨散發著慘白的光芒，異常的光潔，簡直就像是去掉皮肉之後，再加以洗刷乾淨。

常護花倒抽了一口冷氣，將手放開，退後三步。杜笑天、楊迅立即走前，補上常護花的位置。一看之下，兩人亦自面色大變，趕緊將活門放下，退過一旁。

楊迅連隨雙手扣住自己的咽候，好像只有這樣，才能制止自己嘔吐。

常護花吁過一口氣，轉問史雙河道：「那些窗戶怎麼全都打開了？」

史雙河又看一眼郭璞，道：「也許是方便群蛾出入，事實究竟是不是這樣？得問他方知。」

郭璞這下子正走到房門的面前，探手將房門上的活門推開，往房內張望。他的面色也立時變了。對於這件事，他似乎完全不知情，也似乎沒有聽到史雙河的說話，這一次一些反應都沒有。

常護花道：「你說是他打開的？」

史雙河道：「未將群蛾放進房間之前，他就先行打開窗戶。」

常護花奇怪的道：「不怕那些吸血蛾飛走？」

史雙河道：「這件事我也覺得奇怪，在平時，群蛾就只在房內飛舞，一隻也不會飛出去。」

常護花想想，又問道：「竹架前面的就是那些兔子留下來的骨頭？」

史雙河道：「不錯。」

常護花道：「那似乎連三十隻兔子的骨頭都沒有。」

史雙河道：「正好是三十隻。」

常護花道：「三十隻兔子只是那些吸血蛾三天的食糧，此前牠們吃剩下來的骨頭哪裏去了？」

史雙河看著郭璞，道：「每次他送兔子到來的時候，必然進去清理一下那些吸血蛾吃剩下來的兔骨頭。」

「我還以爲那些吸血蛾餓起來連骨頭都吃掉，連骨頭都吸乾。」常護花微微頷眉，轉問道：「你可知他將那些兔骨頭搬到什麼地方？」

史雙河道：「我只知道他即時將那些兔骨用馬車載走。」

常護花又微微頷眉，正待再問什麼，鼻端已嗅到一種非常奇怪的香氣。那種香氣既不知是發自什麼東西，亦不知是來自何處，似乎存在，也似乎並不存在，淡薄而飄忽。

常護花從來都沒有嗅過那種香氣。他全神貫注，方要嗅清楚到底是什麼香氣，突然就發覺，房間內一陣陣的咀嚼聲已逐漸低沉，霎霎的展翼聲相反逐漸激烈。

他下意識一個箭步標回，推開郭璞，手一按活門，再往內窺望。

千百隻吸血蛾赫然在聚集成群，展翼往窗外飛去！

常護花一怔，喃喃道：「怎麼好好的突然又飛走？」

杜笑天、楊迅聽說不約而同挨身過來，一齊往房內窺看，兩人亦是一面的詫異之色。

史雙河即時應道：「也許是因爲那香氣的關係。」他亦已嗅到了那香氣。

常護花道：「那香氣到底是發自什麼東西？」

史雙河道：「不清楚。」

常護花道：「你以前沒有聞過那香氣？」

史雙河道：「有，好幾次。」

常護花接問道：「大都在什麼時候嗅到？」

史雙河道：「在群蛾飛走的時候。」

常護花「哦」一聲，再望房內，那片刻，房中那一群千百隻吸血蛾已全部飛出了窗外。

常護花目光一閃，落在門環上，道：「有沒有鑰匙？」

兩個門環，正是用一把大銅鎖扣在一起。

史雙河搖頭道：「兩個鑰匙都在他那裏。」他說話的時候，目光自然又落在郭璞的面上。

郭璞正在一旁發呆，可是史雙河的說話一出口，目光一落到他的面上，他便跳起來，厲聲道：「我哪裏有什麼鑰匙？」

史雙河一笑不語。

楊迅的目光立時亦落去郭璞的面上，突喝道：「小杜，搜他的身！」

杜笑天又豈會不服從楊迅的命令，應聲走過去。

郭璞沒有走避，也沒有抗拒，慘笑道：「好，你們儘管搜！」

杜笑天也不客氣，仔細的將郭璞全身搜了一遍，沒有鑰匙，一把都沒有。

杜笑天搖頭，放開手退下。

楊迅看一眼郭璞，回頭道：「我們破門進去！」語聲一落，他退後一步，便要起腳。

這一腳還未舉起，已給常護花接住。

常護花搖道：「不必。」

他雙手連隨落在左面的門環上，一使勁，「格」一聲，那個門環便給他硬硬拗斷。

門緩緩打開，惡臭更強烈，衝向三人的面門。

常護花下意識一偏頭，杜笑天舉袖掩鼻，楊迅嘔了一口氣，郭璞卻嘔吐起來。對於這種惡臭他顯然已經無法忍受。他若是那吸血蛾的主人，應該已習慣這種惡臭，莫非他不是？

楊迅冷笑道：「你裝的倒像！」

郭璞仍然在嘔吐。

楊迅回眼一瞟杜笑天，道：「我們進去。」

他口中儘管說，腳步卻不移動。杜笑天嘆了一口氣，第一個走進去。

楊迅一探手，抓住了郭璞的肩膀，將他推進房內，自己才舉步。

常護花史雙河雙雙跟入，房中一隻吸血蛾都已沒有。

那種惡臭更濃郁，蘊斥著整個房間。惡臭中香氣飄忽，雖然淡薄，依稀仍可嗅到。

楊迅忽然發覺那香氣，好像來自郭璞的身上。

他放開抓著郭璞肩膀的手，一退三步，上上下下的打量起郭璞來。

郭璞在嘔吐不止，連苦水都已嘔了出來。

楊迅的鼻翅動了幾下，忽問杜笑天：「你搜清楚他沒有？」

杜笑天點頭。

楊迅道：「怎麼那香氣竟好像從他的身上發出來？」

杜笑天道：「有這種事？」

他橫移幾步，走近去，嗅一嗅，面上立時露出了詫異之色，道：「果然是。」

他回顧楊迅，道：「方才卻不覺。」

楊迅道：「你再搜一遍。」

杜笑天一面動手，一面道：「方才我已經搜索得很仔細。」

楊迅道：「也許疏忽了什麼地方。」

杜笑天沉吟道：「也許。」

常護花一旁突然搜口道：「譬如說衣袖！」

杜笑天雙目光一亮，脫口說道：「衣袖？」他霍地抓住郭璞右手的衣袖。

這一抓去，他就抓到了顆圓圓的東西！那顆圓圓的東西竟一抓就給他抓破。

「波」一聲異響立時從郭璞的袖中響起，一蓬白煙連隨從郭璞的袖中湧出，那香氣更濃。

各人的面色不由都一變，郭璞亦好像非常愚笨，猛一呆，連嘔吐都已歇止。

楊迅的面色一變再變，倏的道：「煙中是不是有毒……」話口未完，他已趕緊閉住吸呼。

杜笑天也不例外，常護花更是早已將呼吸閉起了。

史雙河即時道：「煙中相信沒有毒，否則我先後聞過這麼多次，還能夠活到現在？」

楊迅「嗯」一聲，道：「依你看，有什麼作用？」

史雙河沉吟道：「大概是用來驅使那些吸血蛾，至於是不是，可要問他了。」

這一次，不等他的目光落下，郭璞已叫了起來：「史雙河，你這樣陷害我是為了什麼？」

史雙河苦笑，道：「我與你並無仇怨，怎會陷害你？」

郭璞嘶聲道：「你卻是這樣說話！」

史雙河歎息一聲，道：「事實是怎樣我就怎樣說。」

他回顧常護花杜笑天，又接道：「我說的都是老實說話。」

郭璞揮拳道：「你還在胡說！」

看樣子他便要衝前去給史雙河兩拳，只可惜，他的手連隨就給杜笑天抓住。

杜笑天順手一抖，幾塊蠟殼便從郭璞右手的袖跌下，蠟殼中猶帶白煙。

杜笑天冷笑一聲，道：「你說他胡說，這些蠟殼你怎樣解釋？」

郭璞苦惱道：「我怎知道這些蠟殼怎會在我的袖中？」

杜笑天冷笑。

楊迅亦自冷笑道：「你不知誰知？」

郭璞道：「我真的……」

楊迅截口道：「你真的怎麼樣，有目共睹，難道還會冤枉了你？」

郭璞面紅耳熱，一句話都說不出來。

楊迅接說道：「一會我們到外面一問這裏的村人你是否每十日來一次，是否曾經用馬車載來蓋著黑布的鐵籠子，這件事就更清楚的了。」

郭璞紅著面，瞪著史雙河，道：「這裏的村人都是他的同黨！」

楊迅冷笑道：「這是說，我們都是他的同黨了？」

郭璞閉上了嘴巴。

楊迅轉顧杜笑天，道：「搜一搜這裏，看看還有什麼可疑的東西。」

杜笑天頷首退開。

常護花早已開始繞著房間踱步起來。

房間並不大。兩個人不消片刻已將整個房間搜查一遍。

並沒有其他可疑的東西，也沒有任何發現。

杜笑天回到楊迅身旁，搖頭道：「這個房間我看已經沒有問題。」

楊迅轉顧常護花，道：「常兄可有發現？」

常護花俯身從地上將那幾塊蠟殼拾起來。

他的目光突然凝結，蠟殼上有字！

他將那幾塊蠟殼拼起來，就拼出了三個字「回春堂」。

淡淡的硃字，印在蠟殼上。蠟殼相當薄，因此那顆蠟丸杜笑天方才一捏，便將之捏碎，部份更碎得根本已不能拼起來。幸好那大部分不是印有硃字的部份，所以雖然已有些殘缺，仍可分辨得出那三個是什麼字。

常護花的舉動楊迅當然都看在眼內，不等常護花答話，忙上前一看究竟。

常護花也就在這下一直腰身，目注郭璞，問道：「你那間醫館叫什麼名字？」

郭璞不假思索道：「回春堂。」

常護花嘆了一口氣，緩緩將手遞出。

楊迅眼利，一瞥，就叫起來道：「回春堂。」

常護花還未將蠟殼遞到郭璞面前，他已然看清楚蠟殼上面的字。

郭璞應聲面色不由就一變。蠟殼一遞到面前，他的面色更有如白紙。

他顯然亦已看清楚那些蠟殼，看清楚蠟殼上面那三個字。

常護花瞪著他，道：「這是否是你那間醫館的東西？」

郭璞茫然點頭道：「是我親手配製的藥丹。」

常護花道：「你憑什麼可以分辨得出來？」

郭璞道：「憑蠟殼上面的硃印。」

常護花道：「硃印可仿製。」

郭璞忽問道：「有沒有發覺那個硃印的顏色很特別？」

常護花頷首道：「那種顏色似乎並不常見。」

郭璞道：「那種顏色是我親手調弄出來，又在蠟殼尚未完全凝結的時候蓋上去，才變得如此，別人就算要仿製，也難以造的完全一樣。」

他輕歎一聲，又道：「這個秘密只有我一個人知道，整顆藥丸由開始到完成，我都沒有假手他人。」

常護花道：「你這樣做目的何在？」

郭璞道：「就是爲了防止別人假製假冒。」

常護花道：「那種藥丸本來是醫治什麼病用的？」

郭璞道：「對於好幾種常見的病，那種藥都有特效。」

杜笑天插口問道：「所謂回春堂續命丸就是這種東西？」

郭璞點頭道：「正是。」

常護花懷疑地道：「真的連命也可以續？」

郭璞道：「續命無疑過於誇張，只是這個名字用了最少已經有五十年。」

常護花道：「不是說你親手配製？」

郭璞道：「現在的是我親手配製，以前的可不是，始創人並不是我。」

十九 抽絲剝繭

常護花道：「不是你是誰？」
郭璞道：「是先師！」
常護花道：「那種藥丸的銷路相信一定是很好。」
郭璞點頭道：「所以，才有仿製到處兜售。」
常護花道：「你那種藥丸是否只是在回春堂出售？」
郭璞道：「誰說不是。」
常護花道：「這又何必多此一舉？」
郭璞道：「我也不想，可惜住得比較遠的人總喜歡貪方便，有些人甚至就只知道回春堂續命丸這個名字，根本沒有到過回春堂。」
常護花道：「那種續命丸，賣的貴不貴？」
郭璞道：「真的不貴，假的才貴。」
常護花道：「所以你瞧不過眼？」
郭璞道：「我的確瞧不過眼，那不是因爲利益方面的問題，回春堂做的不是賺錢的生意，我所以學醫目的亦只是救人。」

楊迅冷笑道：「然則，你何以瞧不過眼？」

郭璞道：「因爲那些仿製的藥丸只是仿製外形，內中的成份完全兩樣，吃下去雖然不致於嚴重到立刻要命，對於病人卻也是沒有任何幫助，而由此延誤，不難就導致死亡。」

楊迅道：「你的心腸倒不壞。」

郭璞道：「醫者父母心。」

楊迅道：「縱使你的藥丸可以識別，對於杜絕那些假的似乎是沒有多大作用，從來沒有到過回春堂的人，一樣不知道只有在回春堂才可以買到真正的續命丸。」

郭璞道：「這最低限度，縱然有人因爲服食了假藥，鬧出了人命，賴到我頭上，我也可以證明與自己無關。」

楊迅冷笑道：「原來你只是爲了自己設想。」

郭璞微喟一聲，道：「人不爲己，天誅地滅。」

常護花接又問道：「現在這顆續命丸你看清楚是真的了？」

郭璞頷首。

常護花道：「蠟殼之內，應該就是藥丸，現在卻只有一蓬煙，這件事你如何解釋？」

郭璞又一聲微喟，道：「也許是有人將藥丸取出來，將其他的藥物放進去。」

楊迅冷笑道：「這個人是誰？」

郭璞道：「如果我知道就好了。」他的目光卻落在史雙河的面上。

史雙河面色安祥。

楊迅順著郭璞的目光望去，道：「你懷疑是他？」

郭璞道：「我是有這種懷疑。」

楊迅道：「你看病的時候，有沒有給他續命丸？」

郭璞道：「那種小病，還用不著續命丸。」

楊迅道：「他有沒有在你那裏買過續命丸？」

郭璞道：「沒有。」

楊迅道：「這你說，他哪裏來的回春堂續命丸？」

郭璞道：「也許他另外著人來買。」

楊迅冷冷道：「也許？你完全不敢肯定。」

郭璞不能不點頭。

楊迅道：「我卻敢肯定一件事。」

郭璞沒有問什麼事情，他已經猜到。

楊迅連隨說出來：「那顆蠟丸是藏在你的衣袖之內，杜捕頭是隔著衣袖將那顆蠟丸捏碎。」

郭璞無話可說，這根本就是不容否認的事實。

楊迅冷笑一聲，接道：「現在你最好希望那些村人完全都不認識你，都不知道你每隔十天就驅車到來一次。」

郭璞仍不作聲，氣息卻不知何時已變的急速起來，他狠狠的看著史雙河。

史雙河沒有避開他的目光，面上一副似笑非笑的表情。

郭璞的氣息更急速，突然大叫一起，握拳衝向史雙河，杜笑天更就蓄勢待發，準備隨時將他的拳按住，郭璞卻衝出幾步，就轉了方向，衝向門外。

杜笑天一怔，楊迅同樣來不及阻止。

常護花亦好像非常意外，他的目光落在史雙河的身上。

史雙河的左手已抬高，食指斜抵著鼻尖，他的食中無名指之上赫然都套著一個指環。

奇大的鐵指環，烏黑發亮。

杜笑天一聲：「哪裏跑！」

楊迅一聲：「站住！」才出口，郭璞已衝出房門。

史雙河即時一聲暴喝：「著！」

左手一揮，食指一彈，套在食指上的那枚鐵環如箭離弦颼的飛出。

烏光一閃，郭璞悶哼了一聲，跪倒門外。那枚鐵環叮的連隨從他的腳彎那裏落地上。

史雙河幾步走過去，俯身執起了那枚鐵環，方套回食指，常護花三人已先後房中走出，來到他身旁。

常護花目光一閃，道：「鐵劍飛環，果然是名不虛傳。」

史雙河淡笑道：「雕蟲小技，何足掛齒。」

常護花道：「你的酒量的確不錯。」

史雙河道：「本來就不錯，不過你常兄遲來兩步，讓我有時間多喝幾杯，現在就難說的了。」他以那三枚指環輕擦右掌的掌心，道：「醉眼昏花之下，手上的力道又失了分寸，我那枚鐵環出手，不難就擊破他的腦袋。」他笑笑又道：「那一來，我也就大有可能真的變成一個殺人兇手！」

常護花一笑不語。

說話間，杜笑天已然抓住郭璞衣服的領子，將郭璞從地上拉起來。

楊迅旋即上前，反轉手背一抓郭璞的胸膛。

這一抓並不怎樣用力，郭璞卻已經禁受不住，乾蝦一樣弓起了身子。

楊迅回手叉腰，一挺肚子，桀桀笑道：「你少動腦筋，在我面前沒有犯人跑得了！」

他簡直就將史雙河當做自己的手下。

郭璞鐵青著臉道：「我不是逃跑。」

楊迅道：「哦？」

郭璞嘶聲道：「我是想盡快出去，找個人問清楚這件事。」

楊迅道：「與我們一齊去，不見得就慢了。」

他冷笑接道：「況且快也好，慢也好，答案都一樣，你又何必如此著急。」

郭璞閉上嘴巴，一雙眼卻怒瞪著史雙河。

楊迅都看在眼內，道：「你瞪著他幹什麼？」

郭璞恨恨道：「我要看清楚他打的是什麼主意。」

楊迅道：「你有這種本領，連他打的是什麼主意也可以看出來？」

郭璞悶哼，他當然沒有這種本領。

楊迅接問道：「你始終認爲是他從中作怪，是他陰謀陷害你？」

郭璞道：「一定是。」

楊迅道：「有一件事，你最好先弄清楚。」

郭璞道：「你是說哪一件事？」

楊迅道：「崔北海的屍體在什麼地方發現？」

郭璞道：「剛才你已經說過，我沒有忘記。」

楊迅道：「你這就應該明白，如果是他殺死崔北海，崔北海的屍體怎會在那個地方出現？」

郭璞道：「我知道那個閣樓是在崔北海夫婦的寢室之內，不過有一件事總捕頭最好也不要忘掉。」

楊迅道：「給我說。」

郭璞道：「史雙河是聚寶齋原來的主人。」

楊迅道：「這又怎麼樣？」

郭璞道：「對於聚寶齋這個地方，他當然熟悉得很，憑他的身手，將屍體送進那個閣樓更不是一個怎樣困難的事情。」

楊迅道：「但是，易竹君終日留在寢室內。」

郭璞道：「我那個表妹完全不懂武功，以他武功的高強，要進入寢室而不驚動我那個表妹是何等簡單。」

楊迅道：「你說，他爲了什麼要這樣做？」

郭璞道：「就爲了報復。」

他又瞪著史雙河道：「崔北海當年奪愛之恨，其實他始終沒有忘懷，時刻在準備報復，只等待時機成熟，現在這一著，非獨取了崔北海的命，還可以由此迫死我那個表妹，一石二鳥，正好還了他的心願。」一頓他又道：「至於我，則因爲多了我，整個計畫才完美無缺，才連我也害一害。」

楊迅一面聽一面冷笑，道：「你也最好莫忘了三月初一到十五日之內所發生的事情。」

郭璞連連搖頭道：「那些吸血蛾的確與我完全無關。」

楊迅只是冷笑！史雙河這時候亦已走過來，忽然從懷中取出了一張銀票，道：「這是他給我的那張三千兩的銀票，對於你辦案調查或許也有多少幫助。」

楊迅接在手中。

常護花即時問道：「是那間銀號開出來的票子？」

楊迅看一眼，道：「廣豐號。」

常護花道：「什麼時候開出來的？」

楊迅仔細的再看一眼，道：「十二月十五。」

常護花道：「票號？」

楊迅道：「豐字貳百肆拾玖。」

常護花轉顧杜笑天道：「杜兄也記一記。」

杜笑天頷首。

楊迅搖頭，道：「不必記，我們就拿著這張銀票到廣豐號調查好了。」

杜笑天道：「這不是三兩銀子的銀票，是三千兩銀子的銀票，即使這張銀票的主人信得過我們，我們也得考慮考慮。」

楊迅摸著鬍子道：「三千兩銀子的確不是一個小數目，那只是一張薄紙，隨時都可能弄壞或者失掉，到時候你我就得賠他一張。」他居然沒有忘記將杜笑天說在內。

杜笑天苦笑。

楊迅接道：「我們雖然賠得起，可也犯不著冒這個險，反正沒有銀票在手，只要記穩了銀票開出的日期與票號，也一樣可以。」他連隨將銀票交回史雙河。

史雙河笑道：「如果在昔日，三千兩銀子還不放在我的眼內。」他笑來是這樣的蒼涼。

今非昔比，三千兩銀子現在在他來說，的確不是一個小數目的了。他小心將銀票摺好，小心放回懷中。

楊迅的目光連隨轉向郭璞面上，道：「那張銀票是不是你的？」

郭璞道：「不是。」這個答案自然已在楊迅的意料之中，他笑笑，道：「銀票十二月十五日開出，事隔不過三個多月，廣豐號的人大概還不至於這麼健忘，我們只要到廣豐號一查，當日是誰拿三千兩銀子去兌換那張銀票，並不難有一個清楚明白。」

郭璞道：「你們儘管去。」

楊迅冷笑舉步，也不用吩咐，杜笑天就扣住郭璞的肩膀，押著他跟在楊迅身後。

史雙河亦跟上去，常護花是走在最後的一個，他雙眉緊鎖，彷彿在思索什麼，是不是他又有所發現？

回到下面的店堂，舒服得多了，眾人的鼻端都似乎仍然嗅到那種腥臭的氣味。

那種腥臭的氣味很快便被芬芳的酒香取代。

楊迅更特別走到桌旁，對著桌上那個沒有蓋好的酒罈子深深的吸了一口氣。

吸了這一口酒氣，他就顯得精神百倍，笑顧史雙河，道：「好酒。」

史雙河笑道：「對於酒的選擇我從來都不馬虎。」

他隨即取過一隻酒杯，道：「來一杯如何？」

楊迅摸著鬍子，突然板起臉龐，道：「現在我是在工作。」

史雙河笑笑。楊迅亦沒有再說什麼。

一陣風即時吹來。風來自店堂的後面，吹散了酒氣，卻吹來了非常奇怪的香味。

楊迅的鼻子本來就很靈，立時察覺。他轉顧常護花、杜笑天，兩人赫然都已經轉頭望著那邊，似乎兩人的鼻子比他的還要靈，亦已經覺察。

他忍不住開口問道：「這又是什麼香味？」

杜笑天應聲搖頭，道：「不知道，從來沒有聞過。」

常護花亦是，他轉頭看一眼史雙河，還未開口，史雙河就已說道：「這是種花香。」

常護花道：「什麼花香？」

史雙河道：「我也不清楚，在下買下這間雲來客棧的時候，客棧後院就已經種著那種花。」

常護花問道：「你沒有問過原來的主人？」

史雙河道：「當時並沒有想起。」

常護花道：「之後，一直都沒有再碰頭？」

史雙河道：「到我想問的時候，人已經離開這個地方。」

常護花皺了一皺鼻子，說道：「香味那麼特別，那種花想必也是一種不常見的花。」

史雙河點頭。常護花旋即瞟一眼杜笑天，道：「去見識一下如何？」說話出口，他就轉身舉步，既不等杜笑天答覆，也不管史雙河是否同意。這個人的好奇心，倒也不小。

杜笑天目注常護花，滿眼的疑惑之色，卻只是稍作沉吟，便押著郭璞，走了過去。

楊迅亦一面疑惑，他似乎不想舉步，但終於還是舉步。

史雙河相繼舉步，並沒有阻止。也許因爲他心中明白，即使阻止亦阻止不了。

客棧的後院相當寬闊，但遍植花樹。花樹叢中，只有一條約莫三尺寬闊的白石小徑，由左面的走廊開始，沿著圍牆向前伸展，一折再折，折回右面的走廊。花樹全都未經修剪，人走進花徑，很容易被橫生的枝葉掩蔽。那些花樹事實亦不過丈許高下。

花徑上長滿了尖刺，葉是羽複葉，花則是黃色，鮮黃色。常護花從來沒有見過這種花。他站在花樹叢中，端詳了片刻，喃喃自語道：「這種花只怕不是中土所有。」

杜笑天跟在他後面，聞言道：「你何以有此念頭？」

常護花道：「你大概也聽說過我那個萬花莊。」

杜笑天點頭。

常護花接著又道：「我那個萬花莊，雖非名符其實種花萬種，三四千種卻是有的。」

杜笑天不由瞠目結舌，他原以爲所謂萬花莊不過徒有其名，最多種著百來二百種花。事實要搜集百來二百種花已經不是一件容易的事情。

常護花繼續說道：「生長在中土的花卉除了那些根本不能夠移植與極不少見，連聽都沒有聽過的之外，差不多我全都找來，在莊內種下，再加上我在花譜所見，我所認識的花卉，又何止萬種，眼前這種花我卻莫說認識，聽說都從未聽說。」

杜笑天道：「所以你懷疑並非中土所有？」

常護花方待回答，杜笑天倏的上前兩步，壓低了嗓子，道：「你轉來這個後院難道就只是爲了要見識一下這種花？」

常護花想想，道：「可以這樣說。」

杜笑天道：「並非完全是？」

常護花頷首。

杜笑天連隨又問道：「你還有什麼目的？」

常護花道：「看看是否可以找到任何與那件案子有關係的線索。」

杜笑天心中一動，道：「你方才一定已經有所發現。」常護花沒有否認。杜笑天接又問道：「你到底發現了什麼？」

常護花道：「其實也沒有什麼，不過方才我突然有一種感覺……」

杜笑天追問道：「什麼感覺？」

常護花道：「這種花與我們樓上房間中所聞到那種異香有些類似。」

給他這一提，杜笑天好像也有了那種感覺，道：「想來的確有些類似。」

常護花道：「但現在這裏看來，那種感覺對於事情並沒有絲毫的幫助。」

他的目光回到那些花樹上，沉吟著接道：「或者知道了這些是什麼花，才會有多少作用。」

杜笑天漫應著道：「或者。」他的語聲連隨壓的更低，道：「你不相信他的話？」

所謂「他」當然就是指史雙河。

常護花反問道：「你難道相信了？」

杜笑天沒有回答，這種花並不怎樣美麗，史雙河買下這間客棧之後，竟由得它們種在後院，長成現在這個樣子，既不將之剷除，更不加以修剪，豈非就奇怪非常？

杜笑天只是一歇，隨問道：「你有沒有辦法知道這些花是什麼花？」

常護花道：「拿朵花，拿片葉，去問一問，相信總會問出來。」

杜笑天道：「拿去問誰？」

常護花道：「我有幾個朋友，對於花這方面都甚有研究。」

杜笑天道：「你那幾個好朋友，住的遠不遠？」

常護花道：「有遠在邊陲，有遠在異域，但也有一個，就住在隔縣。」

杜笑天道：「這個好找。」

常護花道：「只可惜這個朋友不大戀家，希望這一次例外。」

杜笑天問道：「要不要我幫忙去找一找？」

常護花道：「如果不戀家，就只有找他的人，沒有人知道在什麼地方才可以找到他。」

杜笑天笑道：「看來我能夠幫忙的就只有一件事了。」

常護花道：「哦？」

杜笑天道：「相信我總可以幫忙你折枝花。」

常護花道：「不必折。」他說著俯身從地上拾起一片落葉。

站起來的時候，一陣風正吹過，吹下了幾朵花。

他再用圍巾接住了一朵落花，道：「這就可以了。」

杜笑天看著他，笑道：「你並沒有改錯名字。」

常護花一笑，忽問道：「你有沒有種過花？」

杜笑天道：「年輕之時種過。」

常護花道：「小小的一顆種子，竟種出那麼大的一棵花樹，你是否覺得非常奇怪？」

杜笑天點頭，說道：「的確是奇怪非常。」

常護花道：「你又有沒有想過它們怎麼能夠這樣？」

杜笑天道：「我曾經想過，但是想不通。」

常護花道：「其實這有一種解釋——它們就像人一樣，有生命，亦像人一樣，能夠生長。」

杜笑天道：「是不是也就因此，你以爲它們亦像人一樣，有感覺？有感情？」

常護花道：「我是這樣以爲。」

杜笑天道：「所以你不能折。」

常護花道：「那麼做我認爲與殺人差不多。」

他連隨又補充一句，說道：「我討厭殺人。」

杜笑天道：「現在我總算明白。」

他上下又打量了一眼常護花，道：「好像你這種人江湖上並不多。」

江湖上的朋友最高興就是白刀子進，紅刀子出。

常護花微喟，他連隨抽出一方手帕，將手中一花一葉裹好，再放進懷內。

然後他又舉步，沿著花徑走了一圈，這一圈走過，並沒有任何發現。

他上了右邊走廊，再從那邊走廊走回來，目注史雙河，倏的道：「送幾株給我如何？」

史雙河一怔，說道：「你是說這些花麼？」

常護花道：「正是。」

史雙河笑道：「你若是喜歡，將它們全都搬走一樣可以。」

常護花道：「你不喜歡它們？」

史雙河道：「對於花草樹木我完全不感興趣，鳥獸鱗介也一樣。」

他一笑，又道：「我感興趣的只是一樣東西。」

常護花道：「酒？」

史雙河道：「只是酒。」

常護花道：「你雖然這麼闊氣，奈何我那個萬花莊離開這裏並不近。」

史雙河道：「你可以分幾次搬走。」

常護花道：「幾株已經足夠。」

史雙河道：「那我就送你幾株。」

他半轉身子，道：「你等我片刻，我現在去拿鏟子。」

常護花搖手道：「我不是現在要。」

史雙河道：「哦？」

常護花道：「這裏我還有事，現在我還未能夠回去萬花莊。」

史雙河道：「什麼時候你回去就什麼時候來拿好了，這個客棧大概還不會有賊來光顧，就算有也不會打這些花的主意，萬一真的會，亦搬不了這麼多。」

他笑笑接道：「除非存酒全都喝光了，否則我大都不會離開客棧，即使你這麼巧，你來的時候，不見我，也不必客氣，包管沒有人將你當做賊來對付。」

常護花尚未答話，楊迅一旁突然插口道：「吸血蛾這件事便真的與你沒有瓜葛，這幾天你最好還是留在這裏，不要走開，官府可能隨時傳你去作證或者問話。」

史雙河道：「還有這麼多麻煩。」

楊迅道：「這不能說是麻煩，每個人都有責任協助官府破案。」

史雙河苦笑。常護花亦沒有說什麼，逕自原路走回去。

楊迅的目光，立時轉向常護花，搖搖頭，喃喃道：「這個人，實在有些莫名其妙。」

杜笑天道：「他不過特別喜歡花。但依我看，這一次不是那麼簡單。」

楊迅霍地回瞪杜笑天，道：「依你看怎樣？」

杜笑天道：「他似乎對於那些花動了疑心！」

楊迅道：「那些花有什麼不妥？」

請續看《吸血蛾》下冊

古龍精品集 79

吸血蛾（上）

作者：古龍
發行人：陳曉林
出版所：風雲時代出版股份有限公司
地址：10576台北市民生東路五段178號7樓之3
電話：(02) 2756-0949　　傳真：(02) 2765-3799
封面原圖：明人出警圖（原圖爲國立故宮博物館典藏）
封面影像處理：風雲編輯小組
執行主編：劉宇青
行銷企劃：林安莉
業務總監：張瑋鳳
出版日期：古龍80週年紀念版2019年1月
ISBN：978-986-352-285-0

風雲書網：http://www.eastbooks.com.tw
官方部落格：http://eastbooks.pixnet.net/blog
Facebook：http://www.facebook.com/h7560949
E-mail：h7560949@ms15.hinet.net
劃撥帳號：12043291
戶名：風雲時代出版股份有限公司

風雲發行所：33373桃園市龜山區公西村2鄰復興街304巷96號
電話：(03) 318-1378　　傳真：(03) 318-1378
法律顧問：永然法律事務所 李永然律師
北辰著作權事務所 蕭雄淋律師

行政院新聞局局版台業字第3595號 營利事業統一編號22759935

定價：240元

國家圖書館出版品預行編目資料

吸血蛾／古龍作. -- 再版. --臺北市：
風雲時代, 2016.02
冊；　公分
ISBN: 978-986-352-285-0（上冊：平裝）. --
ISBN: 978-986-352-286-7（下冊：平裝）. --
857.9　　104026918